KIM LAWRENCE

Tentation en Grèce

Traduction française de
ANNE-LAURE PRIEUR

AZUR

HARLEQUIN

Collection : Azur

Titre original :
HER FORBIDDEN AWAKENING IN GREECE

HARPERCOLLINS FRANCE
83-85, boulevard Vincent-Auriol, 75646 PARIS CEDEX 13
Service Clients — www.harlequin.fr
ISBN 978-2-2804-9942-2 — ISSN 0993-4448

Édité par HarperCollins France.
Composition et mise en pages Nord Compo.
Imprimé en février 2024 par CPI Black Print (Barcelone)
en utilisant 100% d'électricité renouvelable.
Dépôt légal : mars 2024.

FSC
www.fsc.org

MIXTE
Papier issu de
sources responsables
FSC® C159065

Pour limiter l'empreinte environnementale de ses livres, HarperCollins France s'engage à
n'utiliser que du papier fabriqué à partir de bois provenant de forêts gérées durablement et
de manière responsable.

1

Zac n'avait pas fait un pas hors de son bureau que le vacarme lui vrilla les tympans. La pièce parfaitement insonorisée était son havre de paix. Il répugnait de plus en plus à le quitter.

— *Theos !* grogna-t-il.

Cela ne s'arrêtait jamais. Comment un petit être aussi minuscule pouvait-il faire autant de bruit ? Il se remémora la visite de l'assistante sociale venue lui confier le bébé. Zac s'était pétrifié, les bras soudés le long du corps. Il ne reculait jamais devant un défi. Mais ce défi-là était celui de trop. La nourrice avait pris l'enfant et le moment de flottement était passé. À l'insu de tous, il venait d'échouer à son premier test. Tout ce qu'il avait vu du bébé était un amas de cheveux noirs dépassant de la couverture qui l'enveloppait. Ressemblait-il à son père ou à sa mère ? Zac l'ignorait. Il n'était encore jamais entré dans la nursery. Il savait qu'il ne faisait que repousser l'inévitable. Mais sa douleur était encore trop vive. Qu'apporterait de bon sa présence ?

Quoi qu'il en soit, l'enfant, Declan, ne manquerait de rien. Si ce n'est d'un père et d'une mère. Zac chassa cette pensée. Il devait se concentrer sur le présent. À savoir un cauchemar quotidien. Le bébé ne cessait de pleurer depuis son arrivée, nuit et jour. Le sommeil pour Zac était devenu un lointain souvenir. La nourrice avait beau lui assurer que c'était normal, que l'enfant souffrait d'une simple colique, il avait souhaité un second avis. Mais le pédiatre chaudement recommandé par son médecin avait donné raison à la jeune femme à l'issue de sa visite à domicile. L'indulgence condescendante du praticien avait excédé Zac. Il détestait qu'on le prenne de haut. Justifié ou non, ce tapage constant mettait ses nerfs à rude épreuve. Hélas, s'il avait appris une chose ces derniers jours, c'était qu'il était utopique d'espérer échapper aux pleurs d'un bébé de six semaines.

Comme pour le confirmer, les cris montèrent en décibels. Zac serra les dents et se dirigea vers le salon, en priant pour ne pas croiser la nourrice. Cette dernière l'avait fixé avec des yeux ronds lorsqu'il avait pointé le désordre de la nursery empiétant sur le reste de l'appartement, avant d'éclater de rire.

— Attendez qu'il sache marcher ! s'était-elle exclamée comme s'il plaisantait.

Il était on ne peut plus sérieux. La jeune femme avait fait des efforts, depuis. Ce qui ne l'empêcha pas de trouver une pile de layette propre sur son fauteuil en cuir préféré et des ronds humides sur la table basse en verre. Zac aimait l'ordre. Sa vie était soigneusement compartimentée, le travail d'un côté, la vie privée de l'autre. Les deux ne se mélangeaient pas. C'était l'une des raisons, la plus anodine, pour lesquelles il ne voulait pas d'enfants. La vie semblait en avoir décidé autrement. Dans l'urgence, la plus grande suite d'amis avait été transformée en nursery avec chambre attenante pour la nourrice. Au moins, cet enfant ne portait pas son ADN. Même avec lui comme parent, il avait encore une chance.

En immobilier comme en tout, Zac voyait grand. Certes, le penthouse londonien pâlissait en comparaison de ses autres propriétés. Mais les quelque cinq mille mètres carrés de cet appartement minimaliste situé à une adresse prestigieuse offraient largement assez d'espace pour limiter le désagrément.

En théorie. La réalité l'avait rapidement détrompé. Une réalité qu'il peinait à accepter. Il ne se faisait pas à l'idée que Liam et Emma ne soient plus de ce monde. C'était surréaliste. Et ses nouvelles responsabilités de tuteur ne lui laissaient guère l'opportunité de faire son deuil. Colère et tristesse bouillonnaient dans ses veines.

Quel gâchis !

Si Liam avait su que l'impensable se produirait, que lui et sa femme ne seraient plus là pour élever leur fils, il aurait fait preuve de plus de bon sens dans le choix d'un tuteur. Mais Liam était du genre à écouter son cœur. Zac l'avait rencontré pour la première fois au bar universitaire. Il vidait ses poches dans la boîte de collecte de charité que les autres étudiants feignaient de ne pas voir. Plus tard, Zac était intervenu quand il n'avait pas eu assez de monnaie pour payer sa bière. Liam s'était fendu d'un large sourire en portant un toast à son « ange gardien ».

Très vite, Zac avait repéré un marché prometteur et acheté sa première propriété à louer aux étudiants aisés en quête de logements plus luxueux. Liam était devenu son tout premier employé. Puis lorsque Liam avait fondé sa propre société d'informatique, Zac avait été son premier client. Pas parce qu'il était son ange gardien, mais parce que Liam était le meilleur dans son domaine. Il ne mêlait jamais travail et sentiments. Tant pis si cette approche pragmatique lui valait d'être jugé sans cœur. À vrai dire, sa réputation de requin des affaires jouait le plus souvent en sa faveur.

Où était l'ange gardien de Liam et Emma quand l'infarctus d'un chauffeur de semi-remorque lui avait fait faire une embardée à travers le terre-plein central ? Toute la famille fauchée d'un coup… Sauf Declan. Né prématurément, il n'avait pas été autorisé à quitter l'hôpital avec sa mère. Sans quoi, lui aussi aurait été dans la voiture.

Les pleurs stridents redoublèrent. Zac envisageait de s'installer à l'hôtel quand une tache de couleur entra dans son champ de vision. Quelle horreur ! Il y avait des limites à ce qu'il pouvait tolérer ! À peine ouvrait-il la bouche pour appeler son factotum que celui-ci se matérialisa à ses côtés. À croire qu'il possédait un sixième sens. Son passé militaire y était sans doute pour quelque chose. Arthur avait beau s'être un peu empâté depuis qu'il avait quitté l'armée, il n'avait rien perdu de son efficacité.

— Un instant, patron.

Zac le regarda retirer des boules Quies de ses oreilles.

— Pourquoi n'y ai-je pas pensé ? Tu es un génie.

Arthur esquissa un sourire modeste qui tira sur la cicatrice fendant sa joue.

— Un problème ? s'enquit-il.

— Qu'est-ce que c'est que *ça* ? demanda Zac.

— Des cartes d'anniversaire, patron. Souhaitez-vous y répondre ?

Ah, oui, son anniversaire. Il avait complètement oublié. Il ne le fêtait plus depuis ses dix-huit ans. Mais sa famille s'obstinait et chaque année, les enveloppes continuaient d'affluer. Fêtes, invitations à dîner... Toutes impliquant ballons, discours alcoolisés et l'inévitable charmante jeune femme qu'il devait « absolument rencontrer ». Zac s'arrangeait en général pour surcharger son emploi du temps à cette période.

— Très drôle, Arthur.

— J'essayais d'alléger l'atmosphère.

Arthur grimaça comme les pleurs continuaient en fond sonore.

— La domestique est nouvelle. Elle a voulu bien faire, expliqua-t-il. J'ai enlevé la banderole dans la bibliothèque, ainsi que les ballons de votre sœur...

Il y eut un blanc.

— Peu importe laquelle, intervint Zac.

Il songea à Liam, qui n'avait aucune famille. Lui avait plus de sœurs qu'il ne pouvait en compter. Avec sa ribambelle de neveux et nièces, il lui arrivait de ne plus savoir lesquels étaient à qui. La tribu était très soudée, en constante expansion, et cherchait sans cesse à inclure Zac. Sa plus jeune sœur avait dix ans. La plus âgée, vingt-neuf. Plusieurs étaient mariées ou en couple avec leurs propres enfants. Certains partenaires amenaient les leurs issus de relations précédentes. À eux tous, ils cumulaient un divorce, un remariage, plusieurs réconciliations... et quelques infidélités.

Zac restait à l'écart de leur feuilleton familial. Pas par indifférence. Il tenait beaucoup à eux. Mais ils étaient incapables de respecter ses limites. Ils partageaient tout et son refus d'en faire autant les blessait. Maintenir une saine distance émotionnelle profitait à tous. L'idée de leur présenter la moindre de ses conquêtes lui donnait la chair de poule. Enchaîner les aventures lui convenait. Il avait beau leur répéter qu'il ne cherchait pas d'épouse, ils répondaient qu'il changerait d'avis quand il rencontrerait « l'amour avec un grand A ».

Sa mère croyait l'avoir trouvé en Kairos, son beau-père. Et comment cela s'était-il fini ? Zac était trop jeune pour se souvenir de tout. Mais il se rappelait les cris, les disputes ou, pire d'une certaine façon, le silence dans leur phase de désintérêt mutuel. L'expérience ne le tentait pas. S'il croisait le grand amour, il changerait de trottoir pour l'éviter. Certes, il existait des mariages heureux. Mais combien de crapauds fallait-il embrasser pour en arriver là ? Combien d'avocats spécialistes du divorce fallait-il engraisser ?

Quelques années après la séparation à l'amiable, Kairos s'était remarié. Une union en apparence heureuse qui lui avait donné quatre filles. Mais le couple passionnel se disputait souvent. Zac se demandait parfois si les filles étaient la raison pour laquelle le mariage avait tenu. Elles étaient les enfants biologiques de Kairos, contrairement à lui. Non que Kairos l'ait jamais traité différemment. Mais Zac se *sentait* différent et ce sentiment ne l'avait jamais quitté. Toute sa vie, il avait préféré garder ses distances plutôt que faire semblant d'avoir sa place au sein de cette joyeuse tribu.

C'était un secret de Polichinelle. Le monde entier savait que Kairos n'était pas son vrai père. Les médias aimaient à spéculer sur l'identité de son géniteur. Un journaliste plus malin que les autres finirait-il par assembler les pièces du puzzle et faire éclater la vérité ? Zac y était préparé. Sa mère, en revanche... Son image publique ne trahissait rien de l'épreuve qu'elle avait subie. Fuir son père pour le sauver avait été l'action d'une femme forte et courageuse. Si le passé refaisait surface, elle serait dépeinte comme une victime. Tout ce qu'elle refusait d'être.

Seuls sa mère, Kairos et lui connaissaient toute l'histoire. Kairos était quelqu'un de bien. Élever l'enfant d'un autre était une chose. Mais élever l'enfant d'un père comme le sien faisait de lui un homme véritablement exceptionnel. Personne ne mesurait la bonté dont il avait fait preuve en le traitant comme son fils.

Le magnat grec du transport maritime s'était toujours montré impartial envers ses enfants. Ou avare et mesquin, selon ses filles biologiques. Telle avait été leur réaction lorsqu'il avait annoncé son intention de léguer sa fortune à diverses associations caritatives. Elles ne mourraient pas de faim. Mais elles aussi, comme lui, devraient se construire leur propre avenir.

Zac estimait que c'était son argent et qu'il en faisait ce qu'il voulait. Au fond, cela avait été un soulagement. Il répugnait à profiter davantage de la générosité de son beau-père. Pas de cuiller d'argent dans la bouche signifiait pas d'attentes, ni de restrictions. Sans destin tout tracé, il était libre d'être lui-même. Et à l'inverse des filles de Kairos, il avait soif de réussite.

Après le divorce, Zac était censé partager sa vie de façon égale entre ses deux parents. Mais les trois maris suivants de sa mère n'avaient jamais vu sa présence d'un très bon œil. Il faut dire qu'à treize ans, il dépassait déjà le mètre quatre-vingts !

Son attitude protectrice envers sa mère, exacerbée par l'adolescence, le rendait de trop. En fin de compte, il avait surtout grandi auprès de Kairos, entre la Grèce, Londres et leur chalet en Norvège. Le temps qu'il passait avec sa mère et les filles nées de ses autres mariages était limité.

Trois demi-sœurs, quatre sœurs par alliance, un nombre de neveux et nièces augmentant chaque année... Et tous, même ceux qui ne savaient pas écrire, lui envoyaient une carte à Noël et à son anniversaire.

— Désolé. Ce vacarme me rend fou.

Il inspira profondément. Même Arthur, le faiseur de miracles, était impuissant à calmer ce bébé. Existait-il quelqu'un sur terre qui en soit capable ?

L'ex-soldat se racla la gorge, le regard fuyant.

— À ce propos...

— Je sais. Je vais parler à la nourrice.

— Justement. La nourrice vient de démissionner. Une urgence familiale.

Zac ferma les yeux et compta lentement jusqu'à 10. Un exercice inutile. Compter jusqu'à 10 000 ne réglerait pas son problème. Pour la première fois, il se sentait face à un obstacle insurmontable.

Liam n'était plus là.

— Patron ?

Il ne l'acceptait pas. C'était impossible. Même les funérailles n'avaient pas réussi à ancrer cette réalité en lui. Il s'était cassé une jambe, une fois, durant un match de football. La douleur était atroce. Mais il avait pris sur lui et quitté le terrain sur ses deux pieds. Cette douleur-là était différente. Liam n'avait ménagé aucun effort pour réaliser ses rêves. Et il avait réussi ! Une entreprise florissante, une femme merveilleuse, l'enfant qu'il avait toujours désiré... En une seconde, tout avait basculé.

Tomber amoureux n'apportait que souffrance et désillusion. Et les gens continuaient à rêver du grand amour ?

La dernière fois qu'il avait parlé à son ami, il allait chercher Emma à l'hôpital.

— Je t'avais dit que je l'épouserais quand elle est entrée dans ce bar. Tu te souviens ?

— C'est vrai, avait admis Zac. Même que je m'étais fichu de toi...

Car seuls les idiots ou Liam croyaient au coup de foudre.

— Emma aussi. Elle pensait que j'étais fou.

Sa voix s'était empreinte d'émotion.

— Emma ne veut pas rentrer sans le bébé. Mais l'hôpital insiste pour garder ton filleul encore quelques jours. Tu veux bien être le parrain, Zac ?

Une carte enfantine, coloriée à la main, voleta par terre. Il la ramassa et la chiffonna au creux de son poing. Les derniers mots de son ami s'estompaient déjà dans son esprit. Un jour viendrait-il où il oublierait jusqu'au son de sa voix ? Cette pensée le plongea dans une profonde affliction. Il fourra la carte dans sa poche et désigna le reste :

— Jette-moi tout ça à la poubelle, d'accord ?

— Comme vous voulez, patron. Et pour la nourrice ?

— Contacte l'agence... Non, laisse. Je m'en charge.

Passer sa frustration sur eux ne réglerait pas le problème. Mais ce serait une consolation.

Zac s'installait au volant de sa luxueuse voiture de sport quand son téléphone sonna. En voyant le nom sur l'écran, il activa le haut-parleur.

— Est-ce que je te dérange ?

— Pas du tout, Marco.

Si Liam avait été son premier employé, Marco, lui, avait été son tout premier client à ses débuts en affaires. Et pas n'importe quel client : Marco Zanetti, prince héritier de Renzoi. Lui et Liam étaient les deux seules amitiés à avoir survécu à la transition de l'université au monde réel.

— Désolé de ne pas avoir pu venir aux funérailles. Kate...

— Liam aurait compris, assura Zac.

Marco alla droit au but. Une qualité que Zac avait toujours appréciée chez lui.

— J'ai besoin de ton aide. Je sais que ce n'est pas le meilleur moment... Comment ça se passe avec le bébé ?

— Cahin-caha.

— Si tu ne peux pas, je comprendrai.

— Ne t'inquiète pas.

Dans la situation inverse, Marco lui viendrait en aide sans hésiter. Zac comptait ses amis proches sur les doigts d'une main. Sur un seul doigt, même.

— Je t'écoute. Quel est le problème ?

Marco lui expliqua sa situation. Zac écouta attentivement avant de répondre.

— Alors Kate a été adoptée ? Elle ignorait qu'elle avait une sœur jumelle ?

La découverte avait dû être un choc pour la jolie rousse qu'avait épousée son ami.

— Une *vraie* jumelle, précisa Marco. Quand les parents se sont séparés, elle est restée avec le père. Kate est partie avec sa mère.

— Comment ont-ils choisi ? En tirant à la courte paille ?

Il n'était pas père, ni n'en avait l'étoffe. Mais des parents se partageant leurs enfants comme on se partageait des meubles le scandalisaient.

— Je me suis posé la même question, dit Marco, la voix enflée de colère. D'après le dossier, la mère voulait la garde de ses deux filles. Mais le père l'a menacée d'un procès où il prouverait qu'elle était une mauvaise mère. Cette ordure s'est même vantée d'avoir séparé les jumelles juste pour la punir lors de sa visite.

Zac lâcha un juron.

— Il n'aurait jamais eu gain de cause, objecta-t-il.

— Qui sait ? Il savait se montrer convaincant. Elle a eu peur de perdre ses deux filles. Quel choix horrible…

— Et quand elle est décédée ?

— Il a refusé de reprendre Kate car, je cite, elle « braillait trop ». En fin de compte, cela a été un mal pour un bien. Sa famille adoptive est formidable. Kate a eu une enfance heureuse.

— Certaines personnes ne devraient jamais se reproduire, gronda Zac en songeant à son propre père.

— Il est *persona non grata* chez nous.

Le ton menaçant de son ami fit sourire Zac. Peut-être Marco n'avait-il pas tant changé que cela depuis l'université.

— Donc Kate veut retrouver sa sœur. Et tu comptes sur moi pour la localiser ?

Zac était perplexe. Marco disposait de toutes les ressources nécessaires pour s'en charger lui-même. À moins qu'il ne préfère déléguer afin d'éviter toute fuite au sein du palais ?

— Le choix de la contacter ou non appartient à Kate. Il se trouve que… je sais où elle est, confia Marco avec hésitation. A priori, rien ne suggère qu'elle soit… Enfin, qu'elle…

Zac vola à son secours.

— Qu'elle ressemble à son père ?

La question de l'hérédité, de l'inné et de l'acquis, ne lui était pas étrangère. Il vivait dans la terreur de porter en lui le même vice que son géniteur. S'il était un monstre en devenir, repérerait-il les signes ? Sans doute pas. Et dans le cas contraire, que pourrait-il y changer ? Il était ce qu'il était. C'est pourquoi il ne prendrait jamais le risque de transmettre ses gènes déficients.

— La débâcle avec son père biologique a beaucoup affecté

Kate, reprit Marco. Elle vit une grossesse difficile. Je préfère lui éviter une autre désillusion et ne rien dire avant de savoir à qui on a affaire.

— Donc tu veux que j'évalue le genre de personne qu'elle est. Et après ?

Un éclair de lucidité le traversa.

— Ah, je vois. Une compensation financière devrait suffire à se débarrasser du problème.

Un plan infaillible. En utilisant Zac comme intermédiaire, il ne se salissait pas les mains et pouvait nier au cas où sa femme découvrait la vérité.

— La payer pour l'éloigner ? Non ! Quelle idée !

L'indignation de son ami le dérouta. C'était la solution idéale – simple et efficace. Le Marco d'autrefois l'aurait compris. Il avait changé depuis qu'il était en ménage. Le mariage changeait-il tous les hommes ? Zac n'avait aucune intention de servir de cobaye.

— Je ne mens jamais à Kate.

Sauf par omission.

— Notre relation est fondée sur la transparence.

Marco semblait vraiment croire à ce qu'il disait. Zac eut un rictus cynique. Certains mariages fonctionnaient. Mais un mariage 100 % transparent ? Même les unions heureuses, comme celle de son beau-père et de sa seconde épouse, impliquaient leur lot de compromis et de demi-vérités.

— Je veux seulement épargner à Kate une autre mauvaise surprise, au moins jusqu'à la naissance. Elle va m'en vouloir, reconnut Marco en riant. Mais sa tension artérielle préoccupe le... Désolé. Ça ne doit pas t'intéresser.

Zac ne démentit pas.

— Quoi qu'il en soit, je suis prêt à endurer ses foudres, tant qu'elle et le bébé vont bien.

— Et si je déterre des squelettes ?

— Je ne te demande pas de fouiller son passé, protesta Marco.

J'ai mes informations, mais elles ne donnent qu'une version de l'histoire. Le père vit d'arnaques à la petite semaine. Sa fille a pu être influencée...

Zac comprenait pourquoi Marco privilégiait la piste de l'acquis plutôt que de l'inné. Si la malhonnêteté était héréditaire, qu'est-ce que cela disait de sa femme ?

— Mon beau-père était un saint. Je n'en suis pas un pour autant, Marco.

— Oh ! tu as tes moments. Je sais que c'est toi, l'investisseur anonyme qui a renfloué l'entreprise de Liam quand elle menaçait de couler au tout début.

Zac pinça les lèvres.

— C'était Liam. Et ce n'était pas par altruisme. Je savais qu'il réussirait. Il n'y avait aucune prise de risque.

— Sois tranquille. Je ne dirai à personne que tu as un cœur.

Zac laissa poindre son agacement.

— Écoute, je ne vois pas ce que je peux faire pour en savoir plus, à part sortir avec elle...

— Surtout pas !

L'humour s'était évanoui de la voix de son ami.

— Je t'interdis de l'approcher, Zac. Suis-je assez clair ? Tu es la dernière personne au monde que je lui recommanderais.

Zac ne se vexa pas. Il ne souligna pas non plus qu'en dépit de sa réputation de play-boy, il n'était pas un bourreau des cœurs. Toutes les femmes qu'il fréquentait ne cherchaient qu'une aventure sans lendemain et un partenaire au bras duquel s'afficher à tel ou tel gala. Lui non plus ne voudrait pas d'un petit ami comme lui pour sa belle-sœur.

— Soit. Alors qu'attends-tu de moi ?

— Que tu jauges son caractère. Vois si c'est quelqu'un d'honnête. Il se trouve que tu occupes la position idéale pour l'*observer*.

Son ton appuyé fit sourire Zac. Le message était clair : on ne touche qu'avec les yeux. Marco n'avait aucune raison de s'inquiéter. Les prétendantes se bousculaient autour de lui. Pourquoi se compliquer la vie inutilement ?

— De quelle façon ?

— Elle travaille pour toi, dit Marco.

Le stylo avec lequel il jouait lui échappa des mains.

— Tu en es sûr ?

Les jolies rousses ne passaient pas inaperçu. Il l'aurait remarqué si une vraie jumelle de Kate Zanetti comptait parmi ses employées.

— Oui. Elle est assistante maternelle dans une de tes crèches. J'ai pensé que tu pourrais tâter le terrain. Te renseigner sur sa réputation au travail. Est-ce quelqu'un de fiable ? Tu sais, ce genre de choses. Risque-t-elle de rendre Kate...

— Malheureuse ?

Depuis son mariage, rien n'importait plus pour Marco que le bonheur de sa femme.

— Exactement. Trouve un prétexte.

— Assistante maternelle... C'est un peu comme une nourrice, non ? questionna Zac.

— J'imagine.

— Entendu. Je m'en occupe.

— Merci, Zac.

— Pas de problème. Embrasse Kate pour moi.

Il raccrocha, un sourire aux lèvres. Un plan avait commencé à germer dans son esprit. Tant qu'il n'était pas question de sexe, Marco n'y trouverait rien à redire.

Il mit le contact et le moteur ronronna, quasi silencieux. Il avait besoin d'une nourrice. Marco, d'une évaluation morale. Pourquoi ne pas faire d'une pierre deux coups ?

2

— Rose !

Sur le point de quitter la crèche, Rose faillit faire la sourde oreille. Mais elle eut mauvaise conscience en voyant sa collègue, enceinte de sept mois, s'avancer vers elle en se dandinant, une main sur les reins.

— Salut, Jac.

Si c'était pour la remplacer, elle refuserait.

Tu parles...

En réalité, elle savait déjà qu'elle n'en ferait rien. Elle était incapable de dire non. C'était son plus grand défaut.

D'un autre côté, plus d'heures signifiaient une plus grosse paie. Ce ne serait pas du luxe depuis qu'elle ne pouvait plus compter sur ses économies. Plus depuis que son père avait surgi à l'improviste en lui racontant qu'il devait de l'argent à certaines personnes, le genre qui ne plaisantait pas. Sûrement un mensonge. Mais avec son père, fiction et réalité tendaient à se confondre. Son désespoir avait paru sincère quand il avait enfoui son visage entre ses mains. Ce qui ne prouvait rien. Il était si doué pour tordre la vérité qu'il devait finir par croire à ses propres boniments. Mais il était son père. Pouvait-elle prendre le risque ?

Il avait dédaigné le thé qu'elle lui offrait au profit de son cognac de cuisine. Elle était une bonne fille. Il la rembourserait, lui avait-il promis. Rose lui avait donné ses économies en sachant pertinemment qu'elle ne reverrait jamais son argent.

Même avec quelques cheveux en moins, il n'avait pas perdu sa superbe, avait-elle constaté en l'observant par la fenêtre. À mesure qu'il s'éloignait, ses épaules s'étaient redressées, son pas avait retrouvé de l'allant. Encore bel homme pour son âge, il s'était métamorphosé sous ses yeux en dandy fringant, son chèque bien au chaud dans sa poche. Il avait même aidé une vieille dame à traverser la rue en lui offrant galamment son bras. Sans doute pour impressionner la conductrice d'une élégante décapotable. Rose n'avait su si elle devait en rire ou en pleurer.

La scène l'avait marquée. Elle était la preuve que son père ne changerait jamais. C'était donc à *elle* de changer. C'était aussi simple que cela. Mais les vieilles habitudes avaient la vie dure. On ne devenait pas quelqu'un d'autre d'un claquement de doigts.

Son père était la raison pour laquelle les hommes charismatiques la laissaient de marbre. Plus ils étaient séduisants, plus elle les évitait. Cela lui donnait un avantage sur les autres femmes. Elle ne risquait pas de se faire briser le cœur par un bellâtre uniquement intéressé par son argent.

Merci, papa.

Il y avait toujours une femme dans la vie de son père. Parmi celles qui avaient emménagé avec eux quand elle était enfant, certaines étaient gentilles. D'autres moins. Ces dernières s'étaient multipliées à mesure que Rose grandissait et devenait, selon certains, de plus en plus jolie. Son père détestait les conflits, aussi n'avait-il émis aucune objection lorsqu'elle avait pris un studio à dix-sept ans. Ses faibles moyens l'avaient obligée à renoncer aux études de médecine que ses professeurs l'encourageaient à suivre. Elle s'était rabattue sur une formation d'assistante maternelle, qu'elle finançait en cumulant plusieurs petits boulots de serveuse.

Non, son père n'avait rien fait pour la retenir. Une fille de son âge à la maison lui donnait un coup de vieux, avait-il plaisanté. Et puis, ce devait être étouffant pour elle de vivre avec un vieux barbon comme lui. N'avait-elle pas envie de plus de liberté ?

Plus de liberté pour quoi ? Sortir avec des garçons ? Rose n'était pas cynique au point de croire tous les hommes toxiques. Mais comment faisait-on la différence ?

C'était un problème pour un autre jour, décida-t-elle, comme Jac arrivait à sa hauteur. *Allez, Rose, sois ferme au moins une fois dans ta vie !*

— Ah, Rose. J'ai cru que je t'avais manquée. Le patron veut te voir dans son bureau.

Le poste étant vacant, c'était le gestionnaire des ressources humaines qui remplissait cette fonction en attendant que soit recruté un nouveau directeur du réseau de crèches.

— Maintenant ? Ne peux-tu pas dire à M. Hewitt que...

— Non, pas lui. Le *patron*.

Rose la dévisagea sans comprendre.

— M. Adamos, précisa Jac.

Rose gloussa. Sa collègue avait toujours le mot pour rire.

— *Zac* Adamos ? Bien sûr ! Il ne peut pas se passer de moi...

Elle grimaça de douleur. Une mèche de ses cheveux venait de se prendre dans un bouton de son chemisier. Elle mit quelques secondes à la dégager. Jac ne souriait pas quand elle releva la tête.

— Je suis sérieuse, Rose.

Elle baissa la voix.

— Il a demandé à te voir personnellement.

Jac plissa des yeux soupçonneux.

— Qu'as-tu fait ?

Rose sentit le sang refluer de ses joues. Alors ce n'était pas une plaisanterie ? Elle pressa une main sur sa gorge. Son pouls battait à cent à l'heure. Cela n'augurait rien de bon. Elle ne pouvait pas se permettre de perdre son travail. Pourquoi le P-DG voudrait-il s'entretenir avec une simple assistante maternelle d'une des nombreuses crèches à disposition du personnel des bureaux d'Adamos Inc. ? Ce privilège – ou châtiment, selon le point de vue – était réservé aux employés détenteurs de titres ronflants, dont le salaire excédait largement le sien.

Rose fouilla sa mémoire en quête d'une quelconque transgression. Rien ne lui vint. Elle n'avait enfreint aucune règle. Sauf si oublier de participer à la cagnotte pour le thé et les biscuits comptait ? Tout le monde disait que rien n'échappait à Zac Adamos. Mais Rose ne croyait pas à ce mythe ridicule d'omnipotence.

Elle s'exhorta au calme. Il devait y avoir une explication logique. Et les biscuits n'y étaient sûrement pour rien. Si elle avait été une de ces blondes sublimes aux jambes interminables, cela aurait été différent. Quoique... Il était de notoriété publique que Zac Adamos ne sortait jamais avec ses employées. Beaucoup parmi elles le regrettaient.

Pas Rose. Elle voulait plus qu'un homme aux charmes superficiels. Un sourire de dérision flotta sur ses lèvres. Comme si elle avait une chance d'être un jour en position de repousser les avances de Zac Adamos... Les poules auraient des dents, ce jour-là. Non, elle avait trop vu son père séduire et jeter ses conquêtes sitôt lassé. Ce qu'elle cherchait, c'était un partenaire gentil, prévenant, qui lui apporte stabilité et sécurité. Un homme aux antipodes de son patron. Peut-être était-il respecté dans le monde des affaires. Mais si ce respect se fondait sur la peur, comme elle le soupçonnait, cela n'avait rien d'admirable à ses yeux. Non qu'elle ait jamais eu le moindre contact personnel avec lui. Elle ne l'avait aperçu que deux fois, en coup de vent dans un couloir, et de loin dans un ascenseur avant que les portes ne se ferment. À cette occasion, elle l'avait pu l'observer à la dérobée, sans crainte de se faire surprendre. Où était le mal de regarder ?

— Je... je n'ai rien fait, protesta-t-elle.

En bégayant, à son grand dam. Difficile d'avoir l'air plus coupable. Ou plus pathétique. Son bégaiement était de l'histoire ancienne. Mais il arrivait qu'il refasse surface dans les situations de stress ou d'émotivité intenses.

— Je ne peux pas me permettre de perdre mon travail.

— Tu trouveras autre chose, assura Jac.

— Tu crois que je suis renvoyée ?

— Non ! Je dis juste que parfois, le changement a du bon. Vois-le comme un nouveau défi.

— Je me plais, ici.

Pourquoi changer ce qui fonctionnait ? Elle adorait son travail. Chaque jour était différent, c'était l'avantage quand on travaillait avec des enfants, par nature imprévisibles. Mais il offrait aussi cette routine familière et confortable qui lui avait tant fait défaut en grandissant.

— Moi aussi. Mais cela ne m'empêche pas d'y penser.

Rose ouvrit des yeux ronds.

— Tu envisages de partir ?

Sa collègue sourit.

— Après sept ans, on finit par se lasser. Sans parler de la demi-heure de trajet. Je pensais attendre que les filles entrent au collège. Mais avec celui-là...

Elle tapota son ventre rond.

— Qui sait ? De ton côté, rien ne te retient. Tu n'as personne.

Jac se mordit la lèvre en réalisant sa maladresse.

— Alors que tu pourrais avoir tous les hommes à tes pieds, ajouta-t-elle.

— Je n'ai pas besoin de petit ami, répondit Rose. Ni de frisson dans ma vie.

Elle avait eu sa dose, enfant, quand elle rentrait de l'école, seulement pour découvrir qu'elle n'avait plus de maison et trouver ses affaires jetées pêle-mêle dans la voiture. Puis il y avait eu les petits mots de son père griffonnés à la va-vite l'informant qu'il passait le week-end à Paris ou ailleurs. *Sois sage et n'ouvre à personne. Il y a de l'argent pour te faire livrer.* Quand il se donnait la peine de laisser un mot... Une fois, le week-end avait duré dix jours, sans qu'elle sache où il était. Elle se rappelait sa panique à l'idée de se retrouver seule au monde s'il ne revenait pas. Devoir donner le change à l'école l'avait rendue malade. Toute une semaine à faire profil bas, tout cela pour finir par s'évanouir devant tout le monde en plein préau. Peut-être à cause du stress. Ou de la faim à force de survivre de soupe en brique et de haricots blancs.

Son père était réapparu le lendemain comme s'il revenait du bureau de tabac du coin de la rue.

— Je n'ai pas eu le temps de te prévenir, ma puce. Une virée à Las Vegas en jet privé, ça ne se refuse pas.

C'était tout ce qu'il avait trouvé à dire face à ses larmes de soulagement.

Il lui avait offert un bracelet en diamants, totalement inapproprié pour une adolescente de quatorze ans. Elle ne l'avait pas regretté quand il le lui avait repris en apprenant que la directrice du collège voulait le voir.

— Qu'est-ce que tu as fait ? Depuis quand tu enfreins les règles, toi ?

— J'ai imité ta signature sur mon bulletin.

— Bon sang, ce n'est pourtant pas compliqué d'imiter une signature ! s'était-il emporté.

Le bracelet avait fini dans sa poche car elle « ne le méritait pas ».

Non, Rose ne courait pas après le frisson. Elle était ennuyeuse à mourir, d'après son père. « Je me demande parfois si tu es de moi », lui avait-il lancé un jour. Au cas où elle n'aurait pas encore compris qu'elle était une déception.

— Tu vas me manquer si tu t'en vas, dit-elle à Jac.

— Oh ! tu ne feras pas long feu non plus, décréta sa collègue.

Une belle fille comme toi... On aura vite fait de te passer la bague au doigt.

— Je ne cherche pas...

— J'ai remarqué. Allez, file. Le grand patron déteste qu'on le fasse attendre. Je plaisante, assura-t-elle. C'est sûrement juste un assistant que tu vas voir.

Rose se détendit en quittant la crèche. Jac avait raison. Zac Adamos ne recevait pas en personne une banale assistante maternelle. Il déléguait ce genre de tâches. Tant mieux, à en croire une conversation surprise la semaine précédente entre deux femmes lui bloquant l'accès à l'ascenseur :

— Regarde-le. J'en frissonne.

L'autre femme avait gloussé.

— Il est tellement sexy ! Une vraie bombe atomique. Cette bouche... Mmmh !

— Qu'est-ce que je donnerais pour travailler au dernier étage et le voir tous les jours !

— Tu ne servirais à rien. Tu serais trop déconcentrée, avait répliqué son amie en riant.

L'ascenseur était libre, aujourd'hui. Mais Rose choisit l'option saine, les escaliers. Zac Adamos, lui, était tout sauf une option saine. Comparé au milliardaire grec, son père faisait figure d'amateur. La comparaison frisait même l'insulte. Rose avait lu un article qualifiant Zac Adamos de légende de son vivant. Si les réseaux sociaux disaient vrai, il entérinait volontiers cette description. Ce n'était pas la modestie qui l'étouffait, songea Rose. Ce mot ne devait même pas exister dans son vocabulaire !

Sous le regard hautain de la réceptionniste, Rose se dirigea vers la porte ouverte au fond de la salle de réunion. La jolie blonde l'avait toisée lorsqu'elle s'était approchée.

— Vous avez dû vous tromper d'étage, lui avait-elle jeté en guise d'accueil.

Si seulement. Rose avait levé le menton en donnant son nom. Elle n'était pas là pour se faire rabaisser par la première venue. La jeune femme avait consulté son écran par deux fois.

— C'est *vous*, Mlle Hill ?

Rose ravala sa nervosité. Pas question de flancher devant cette pimbêche. Elle ne lui ferait pas ce plaisir.

Aurais-je dû frapper ? Le doute la fit trébucher alors qu'elle franchissait le seuil. Battant des bras, elle parvint à se redresser sans s'étaler de tout son long. *Ouf.* Son soulagement s'évanouit à la seconde où elle regarda autour d'elle. La salle de réunion paraissait étriquée à côté de cette pièce aux dimensions démesurées. La vue depuis l'immense baie vitrée était à couper le souffle. Mais moins que l'homme qui se leva négligemment de son fauteuil derrière un large bureau.

Il en jetait sur un écran de télévision, à la manière des stars de Hollywood. Rose n'avait regardé que par curiosité, tant il se faisait rare dans les médias. Il fuyait la publicité, ce qui faisait de chaque interview un véritable événement. Peut-être était-ce son but. Entretenir le mystère. Se faire désirer. De son canapé, Rose avait reconnu en lui l'un des hommes les plus séduisants de la planète. Un homme à la démarche élégante, toute en puissance contenue. Au visage saisissant avec son nez droit, ses pommettes sculptées, sa bouche sensuelle, et ce teint olivâtre souligné par les cheveux noirs bouclant sur la nuque.

Ce que l'écran ne rendait pas, c'était la façon dont son regard d'ébène frangé de longs cils court-circuitait vos facultés mentales. Ou la masculinité brute sous le costume sur mesure qui faisait naître un brasier au creux de vos reins...

Ses reins.

Rose mit plusieurs secondes à reconnaître la sensation brûlante dans ses veines. Du désir ? Mortifiée, elle s'arracha à sa transe, seulement pour s'apercevoir qu'elle le fixait bouche bée. C'est tout juste si elle ne bavait pas !

Bravo. Comment se ridiculiser en deux secondes.

Une bombe atomique... En effet. Mais pas du tout son genre.

Elle scotcha un sourire poli sur ses lèvres, tout en gardant les yeux résolument rivés sur un point au-dessus de son épaule gauche.

— Vous avez demandé à me voir ?

3

Zac était d'une humeur massacrante. Face au départ inopiné de la nourrice, il avait dû intervenir personnellement et la supplier de rester jusqu'au lendemain soir. Pour ne rien arranger, Marco ne lui avait transmis que des renseignements partiels sur la sœur de Kate afin de ne pas influencer son jugement.

Influencer son jugement ? Elle se débrouillait très bien toute seule en arrivant en retard. Zac avait conscience de reporter sa frustration sur elle. Il n'aimait pas qu'on lui cache des informations. Mais il ne pouvait pas en vouloir à Marco, qui ignorait son plan. Un profil complet de la jeune femme aurait été préférable. Il ne laissait pas entrer n'importe qui chez lui, encore moins pour s'occuper de son pupille. Certes, son dossier professionnel était irréprochable. Mais s'il avait été élevé par son père biologique, qui sait quelle personne il serait devenu ? Et vu le père avec lequel elle avait grandi... Un opportuniste, escroc de petite envergure. Rien à voir, bien sûr, avec le toxicomane violent qui n'hésitait pas à battre sa petite amie enceinte pour provoquer une fausse couche. Zac poussa un soupir. La solution lui avait paru idéale sur le moment. Mais à présent...

Lorsqu'elle entra, sa première impression fut d'être attaqué visuellement, entre le jean et le pull informe à motifs d'empreintes de mains multicolores, en passant par les baskets et la veste en denim deux fois trop grande. Mais la femme menue ainsi affublée était bien une copie conforme de son élégante jumelle, la princesse de Renzoi. Zac admirait la beauté de Kate. Il appréciait sa compagnie et son sens de l'humour, sans pour autant éprouver d'attirance.

Alors comment expliquer sa réaction physique viscérale face à ce double mal fagoté ? À première vue, rien ne la distinguait de sa sœur avec sa crinière incendiaire et son beau visage expressif. Pourtant, quelque chose semblait différent. Peut-être était-ce l'ombre de mystère dans les profondeurs ambrées de ses yeux. Ou sa façon de le regarder entre ses cils... Quel qu'il soit, ce *quelque chose* d'indéfinissable déjouait toute logique pour toucher ce qu'il y avait de plus primitif en lui.

Il se leva et invita sa visiteuse à s'asseoir d'un geste de la main. C'était une complication imprévue, mais il saurait la gérer. Ce n'étaient pas les femmes désirables et sans attaches qui manquaient dans son cercle social. L'interdit ne l'excitait pas, contrairement à d'autres.

Ses yeux glissèrent vers sa bouche charnue. Une bouche faite pour être embrassée. La jeune femme était-elle en couple ? Ou partageait-elle sa vision plus libérée du sexe ? Une certaine vulnérabilité dans ses yeux l'en faisait douter. Marco devait avoir la réponse. Auquel cas, il avait sûrement choisi de la passer sous silence.

Zac Adamos était grand et athlétique. Son physique hors du commun revenait souvent dans les médias. Rose avait parcouru un article sur les marchés financiers un jour, dans une salle d'attente, analysant son influence considérable sur ces institutions volatiles. Elle s'était amusée de voir mentionnée sa taille – un mètre quatre-vingt-quinze. S'il avait été une femme, l'auteur aurait insisté sur son âge...

Mais il était tout ce qu'il y avait de masculin. Ses mouvements étaient ceux d'un prédateur, imbus d'une souplesse féline. Le pouls de Rose s'accéléra. Mille frissons couraient sur sa peau. Quant à la tension entre ses cuisses, elle préférait faire comme si elle n'existait pas.

La jeune femme ne s'était pas assise. Elle continuait à le fixer telle une biche prise dans les phares d'une voiture. Zac se demandait à quoi ressembleraient ses yeux à demi clos, voilés par la passion... La question fit son effet et son corps réagit au quart de tour. *Theos !* Avait-il régressé au stade d'adolescent en rut ?

Au lieu d'aller vers elle, il s'assit sur le bord de son bureau, jambes tendues devant lui, et attendit. En partie à cause de son état, mais aussi parce que les gens, d'après son expérience, ressentaient le besoin de combler le silence. Cette stratégie permettait de glaner plus d'informations qu'une salve de questions.

Rose Hill ne fit pas exception. Les mots se bousculèrent sur ses lèvres, pas forcément dans le bon ordre. Son timbre grave et musical était agréable à l'oreille.

— N... Navrée de vous faire p... perdre votre temps. Je... je crois qu'il y a erreur. Je ne suis pas c... celle que...

— C'est vous que je veux.

Le double sens était volontaire. Mais l'heure n'était pas aux jeux de charme. Jeux auxquels elle ne jouait pas, à en croire son expression.

Rose se mordit la lèvre, incapable de cacher sa gêne. Au moins, il n'avait aucun moyen de savoir quelles pensées déplacées avait fait naître dans son esprit sa remarque innocente.

Si une telle bouche était capable d'innocence.

— Dites-moi, aimez-vous votre travail ?

Était-ce pour cela qu'il l'avait fait venir ? Une enquête de satisfaction ? Un de ces exercices où les patrons choisissaient des employés au hasard pour leur demander s'ils étaient épanouis ?

— Oui, b... beaucoup.

Le léger bégaiement plaisait à Zac. Il rendait sa voix étrangement sexy.

— Vous aimez être entourée d'enfants toute la journée ?

Rose confirma, intriguée par son intonation. Se pouvait-il qu'il n'aime pas les enfants ? De fait, difficile de l'imaginer avec son costume froissé ou sa cravate de travers... Sauf si les coupables étaient des mains féminines impeccablement manucurées. Cette image lui fit perdre le fil.

— Vous n'avez donc aucune ambition de changer de travail ?

La jeune femme ouvrit des yeux alarmés. Mais c'était sa bouche pulpeuse qui monopolisait l'attention de Zac. Un autre élément qu'il n'avait pas pris en compte. Céder à la tentation serait une trahison. Les vraies amitiés étaient rares et infiniment plus précieuses qu'un désir passager. Marco ne le lui pardonnerait jamais. Cette certitude tempéra ses ardeurs, sans pour autant les dissiper. Simple effet du manque de sommeil, se persuada-t-il. Il était fatigué, cela affectait son self-control. Une excuse qui ne suffirait pas à Marco. Le prince était très protecteur envers sa femme. Il le serait tout autant envers sa sœur jumelle.

— J'ai parcouru votre dossier. Impressionnant.

Quoique peu fourni. Une note au style pompeux déplorait une faible volonté de progresser et peu d'aptitude à diriger une équipe.

— Mademoiselle Hill, puis-je vous appeler Rose ?

Son sourire en coin fit battre le cœur de Rose plus vite. Un sourire au charme calculé qui n'atteignait pas ses yeux. À l'évidence, il ne lui venait pas à l'esprit qu'elle puisse refuser. Elle n'avait pourtant aucune envie d'entendre son nom rouler sur sa langue comme à l'instant. L'idée la hérissait. C'était absurde !

Pourquoi réagissait-elle de manière aussi disproportionnée ? Rien de ce qu'il lui faisait ressentir n'avait de sens. Elle méprisait ce qu'il représentait, un homme trop séduisant et dénué de conscience, tout en étant attirée par son allure d'ange déchu. Si ce frisson le long de son échine était bien de l'attirance...

Une migraine commençait à pointer le bout de son nez. Il ne manquait plus que cela. La dernière en date avait été un supplice. Un antalgique et du calme, voilà ce qu'il lui fallait.

— Tout dépend. Si vous vous apprêtez à me renvoyer, je ne préfère pas.

Sa réponse parut le prendre de court. Puis il éclata de rire et ses traits s'adoucirent, lui donnant un air juvénile. Cela ne dura qu'une seconde. Déjà, son regard avait retrouvé sa dureté.

— Avez-vous quelque chose à vous reprocher, Mlle Hill ?

J'aimerais bien.

Bon sang, qu'est-ce qui lui arrivait ? Ce devait être les hormones qui parlaient. Une douleur lancinante lui martelait les tempes. Peut-être les deux étaient-ils liés. L'attraction physique provoquait-elle des maux de tête ? Ou était-elle seulement allergique à sa puissante virilité ?

— Je n'ai aucune idée de pour quoi je suis là.

Elle donnerait même tout pour être ailleurs. Zac fronça les sourcils.

— Tout va bien, mademoiselle Hill ?

Il semblait moins inquiet qu'agacé. Serait-ce un désagrément pour lui si quelque chose n'allait pas ? Rose avait l'habitude. Les rares fois où elle tombait malade, son père agissait comme si elle l'avait fait exprès pour le contrarier. Elle leva le menton. Plutôt mourir que flancher devant cet homme. Elle ne s'était jamais évanouie à cause d'une migraine. Mais il lui était déjà arrivé d'avoir la nausée...

— Tout va très bien, merci.

Zac haussa les épaules. Si elle le disait... Peut-être était-elle toujours aussi pâle. À moins qu'elle n'ait la gueule de bois après une soirée trop arrosée ?

— J'irai droit au but. Vous n'êtes pas renvoyée, la rassura-t-il. Au contraire, j'ai une offre pour vous. Rien de permanent. Il s'agirait plus d'une mission temporaire.

La confusion se peignit sur les traits de la jeune femme.

— Pardon ?

— J'ai besoin d'une nourrice.

— N'êtes-vous pas un peu âgé pour ça ? plaisanta Rose.

Le regard sévère de son patron lui fit aussitôt regretter sa boutade.

— Désolée.

— J'ai récemment obtenu la garde d'un petit garçon de six semaines, reprit-il. Ses parents sont décédés et la nourrice qui s'en occupait s'en va.

Le cœur de Rose s'emplit de compassion. Pour le petit orphelin, mais aussi pour Zac, contre toute attente. Rien chez lui n'invitait à l'empathie.

— Quelle tragédie. Je suis désolée. Il existe des agences...

— Je sais, la coupa sèchement Zac.

Il avait un plan B au cas où son idée pour satisfaire la requête de Marco ne fonctionnait pas. Mais il ne serait pas nécessaire. Rose Hill avait un point faible et il l'avait cernée : c'était une grande sensible. Elle suintait le sentimentalisme par tous les pores. Zac n'avait aucun scrupule à exploiter cette faiblesse. Sans doute n'était-il pas le premier. Combien d'hommes avaient-ils dû lui servir une histoire à pleurer dans les chaumières pour accéder à son lit ? Le lit de Rose Hill n'était pas son objectif. Du reste, son bureau était beaucoup plus proche...

Ça suffit !

Il avait donné sa parole à Marco.

— Le problème est que je m'installe en Grèce.

— En Grèce ! répéta la jeune femme d'un ton envieux.

Il imagina son cœur battant la chamade sous le pull hideux. Quels trésors insoupçonnés se cachaient sous ces couches de vêtements ? Sa peau était-elle aussi douce qu'elle en avait l'air ? Dieu ce qu'il maudissait son indiscipline, autant que la femme qui en était la cause.

— Y êtes-vous déjà allée ? questionna-t-il.

— Non, jamais.

La simple mention de la Grèce faisait rêver Rose. La mer, le ciel bleu, les plages de sable blanc... Existait-il un cadre plus romantique ?

— Je... je n'ai guère eu l'occasion de voyager.

Jamais, pour être exacte. Mais inutile de le préciser. Il la regardait assez de haut comme cela.

— Mon appartement londonien n'est pas un environnement adéquat pour un enfant.

Zac l'avait compris tout de suite, mais hésitait sur la conduite à tenir. La Grèce était-elle une alternative réaliste ? Peut-être était-ce l'occasion de tester sa viabilité. Il pourrait passer la semaine à Londres et rentrer en Grèce le week-end. À cet âge, le bébé ne se rendrait pas compte de son absence.

— Alors vous déménagez à l'étranger ?

Rose balaya le bureau des yeux. Cela faisait un sacré changement. Même pour Zac Adamos, dont la vie obéissait sûrement à d'autres règles que la sienne. Malgré ses préjugés, elle admirait qu'il soit prêt à chambouler son existence.

— Pas définitivement. C'est une solution à court terme, le temps que le bébé...

Zac marqua une pause. Comment la nourrice avait-elle formulé cela ?

— S'habitue à une nouvelle routine.

Le secret d'un mensonge efficace était de rester proche de la vérité. La demande de Marco et son plan pour y répondre l'avaient obligé à réfléchir au futur, un terrain propice aux doutes. Zac ne manquait pas de confiance en lui. Mais il n'avait jamais eu l'intention de devenir parent et se sentait inapte. Être mis face à ses limites était déconcertant. Il avait pourtant eu le meilleur des modèles. Kairos avait son âge quand il avait pris sous son aile le fils d'un autre. Cela lui était-il venu naturellement ? Ou avait-il eu du mal à s'adapter à son nouveau rôle ? Non, Kairos avait toujours eu la fibre paternelle. Il laissait ses enfants apprendre de leurs erreurs, tout en étant là pour les guider s'ils le demandaient.

Zac aussi commettait des erreurs. Mais il ne demandait jamais d'aide. Pour lui, cela équivalait à admettre sa faiblesse. Il était censé être un dur à cuire. Même adulte, il était parfois difficile de se libérer du rôle qu'on avait dû endosser enfant. Zac n'avait pas essayé. S'endurcir était le chemin le plus sûr vers la réussite.

— J'ai besoin de quelqu'un de qualifié pour...

— Pourquoi moi ?

La question taraudait Rose. Comme Jac la sermonnerait devant ses réticences ! *Ne pose pas de question et fonce ! Qui ne rêve pas d'être payé pour voyager ? Sors un peu de ta zone de confort !*

— Je suis qualifiée, bien sûr, mais...

— En général, à un entretien d'embauche, on se met en avant, commenta Zac.

Rose rougit, mais soutint son regard.

— Ce n'est pas un entretien d'embauche.

Il haussa un sourcil.

— Bien vu. L'urgence de la situation exclut un long processus de sélection. Vous travaillez déjà pour moi, ça simplifie les choses. Je n'ai pas besoin de références, ni de vérifier vos antécédents.

— Navrée, mais...

— Avez-vous des parents âgés qui dépendent de vous ?

— Mon père vit sa vie de son côté.

Jusqu'à ce qu'il ait de nouveau besoin d'argent ou d'un toit. Il ne la retrouverait jamais en Grèce...

Elle eut honte de penser ainsi.

— Désolée, ma vie est ici, dit-elle avec fermeté. Partir en Grèce ne m'intéresse pas.

Zac eut un soupir compréhensif.

— Dommage. Mais vous faites sans doute le bon choix. C'est un enfant difficile. Il ne dort pas. À croire qu'il sait qu'il est seul au monde.

Il pressa une main sur ses yeux. Ce geste pudique toucha Rose. Ce n'était pas parce qu'il ne montrait aucune émotion qu'il était insensible, songea-t-elle, prise d'une irrésistible envie de le réconforter.

Elle s'éclaircit la gorge.

— Il n'est pas seul. Vous êtes là.

— Je n'y connais rien en enfants. Mais j'apprendrai.

— B... bien sûr.

Seigneur, est-ce qu'elle compatissait avec Zac Adamos ? Les poules allaient vraiment avoir des dents !

Zac jubila en son for intérieur. Elle avait mordu à l'hameçon ! Il ne restait plus qu'à assurer sa prise. Il écarta sa main en se composant une expression oscillant entre déception et résignation.

— Eh bien, merci pour votre temps.

Et maintenant, le coup de grâce :

— Cela ne changera sans doute rien à votre décision. Mais sachez qu'en compensation de la gêne occasionnée, je suis prêt à vous offrir un bonus.

— Ce n'est pas une question d'argent.

La somme qu'il indiqua laissa Rose pantoise.

— C'est beaucoup trop !

Mais après la visite de son père, ce serait un sacré coup de pouce.

— Pas pour moi.

Zac ne cherchait pas à se vanter. C'était un fait. La jeune femme prit une grande inspiration.

— C'est d'accord. J'accepte.

Il réprima un sourire victorieux. Elle était sensible. Il aurait pu sortir les violons. Mais l'appât du gain l'avait emporté. Cela la desservirait-il aux yeux de Marco ? Il n'y avait pas de raison. Tout le monde avait un prix.

— À une condition, ajouta-t-elle. Que vous réduisiez la somme de moitié.

Zac leva un sourcil incrédule.

— Pardon ?

— J'insiste.

Rose Hill avait un prix et il était plus qu'abordable. La belle-sœur de Marco n'avait vraiment rien d'une croqueuse de diamant.

— Comme vous voulez.

— Alors je pars en Grèce...

Rose peinait à y croire. Elle n'avait jamais voyagé que sur son ordinateur, à planifier des vacances qu'elle ne pouvait s'offrir. Même si elle avait les moyens, elle n'aurait pas le cran de s'envoler seule vers des destinations exotiques. Elle envisageait toujours le pire. Une habitude enracinée dans son enfance. Son père ne s'inquiétait jamais de ce qui pouvait arriver, alors elle le faisait à sa place. À tel point qu'il la traitait d'oiseau de mauvais augure.

— Vous me tirez d'un mauvais pas. Je vous en suis reconnaissante.

Ses yeux d'ambre s'embuèrent. Zac n'en revenait pas. Elle était beaucoup trop émotive pour son bien ! Autant inviter les gens à se servir d'elle. Ce qui était exactement ce qu'il faisait... De manière inoffensive, bien sûr. Devoir se justifier l'irrita. Il en éprouvait rarement le besoin et détestait cela.

— Comment s'appelle le bébé ? s'enquit-elle.

— Declan.

— C'est un joli nom.

Il hocha la tête. Rose sentit une boule lui obstruer la gorge. C'était moins ce que Zac disait que ce qu'il ne disait pas qui touchait une corde sensible en elle.

— Votre passeport est-il à jour ? demanda-t-il.

— Mon passeport ? Hum, oui, je crois.

— Vous croyez ou vous en êtes sûre ?

— Je... j'en suis sûre.

Son regard d'obsidienne lui faisait perdre tous ses moyens. Elle avait la tête complètement vide. Où était passée l'ombre de vulnérabilité dans ses yeux qui avait influencé son choix ? Il n'en restait aucune trace.

— Allez-vous...

— Vous communiquer les détails ? Oui.

Rose attendit. Mais Zac se rassit à son bureau en pianotant sur son portable comme si elle avait cessé d'exister. À l'évidence, l'entretien était terminé. Elle prit son sac et se leva. Dans quoi diable venait-elle de s'engager ? Elle lança un dernier regard par-dessus son épaule. Toutes les questions qu'elle aurait dû poser avant se pressaient sur ses lèvres. Trop tard. Zac était au téléphone et parlait dans une langue incompréhensible. Du grec, supposait-elle.

Elle quitta la pièce dans un état second, regrettant déjà sa décision. Sauter dans l'inconnu était censé être libérateur. Pour elle, c'était tout l'inverse. Son anxiété éclipsait l'excitation du voyage. Que lui avait-il pris d'accepter ? L'argent ? Non. C'était un facteur non négligeable, mais la raison était ailleurs. Elle n'avait tout simplement pas le cœur de refuser son aide à quelqu'un qui la lui demandait. Même quand ce quelqu'un s'appelait Zac Adamos.

Lui avait-on déjà dit non dans la vie ? Peu probable. Si cela arrivait un jour, elle voulait être là pour le voir. Elle avait beau compatir à sa situation, son opinion de lui restait la même. Il n'était qu'un narcissique hautain et arrogant.

La réceptionniste l'ignora lorsqu'elle repassa devant elle. Rose lui rendit la politesse. C'était puéril, mais tant pis.

Elle s'engouffra dans les premières toilettes sur son chemin, soulagée de n'y croiser personne. Son reflet dans le miroir l'effara. Pâle, les cheveux en désordre, elle avait une tête à faire peur. Elle fouilla dans son sac et finit par mettre la main sur une tablette d'antalgiques standards. Pas ceux prescrits par son médecin pour ses migraines, mais ils feraient l'affaire en attendant.

Elle avala le cachet sans eau, tout en se demandant ce qui se passerait si elle retournait dans le bureau de Zac Adamos pour l'informer qu'elle avait changé d'avis.

Est-ce le cas ?

Elle soupira. Elle était quelqu'un de prudent. Cela ne lui ressemblait pas de prendre des décisions à l'aveugle.

— Ce n'est que pour quelques semaines, lança-t-elle à son reflet.

Du moins le supposait-elle.

— L'expérience pourrait même te plaire.

Voilà qu'elle parlait toute seule, maintenant. C'était de pire en pire. Et ce pauvre bébé livré à lui-même... Rose voyait mal Zac en parent investi. Le petit garçon allait passer de nourrice en nourrice, avant d'être expédié en pensionnat, à coup sûr.

Elle s'en voulut aussitôt de sa dureté. Le milliardaire grec lui était antipathique, mais ce n'était pas une raison pour en faire le méchant de l'histoire. Son déménagement en Grèce prouvait qu'il faisait des efforts. Ce devait être un choc pour lui. Non seulement il avait perdu tragiquement ses amis, mais il se retrouvait avec un enfant sur les bras. Être père célibataire était un défi, même avec des ressources illimitées. Riche ou non, on n'achetait pas une partenaire prête à partager ses responsabilités parentales. Quoique... Toutes ces beautés avec lesquelles il sortait seraient sûrement partantes si cela leur valait un énorme diamant au doigt.

Quand était-elle devenue une telle langue de vipère ? Elle quitta les toilettes en même temps qu'y entraient deux élégantes employées, qui la toisèrent avec hauteur. Rose les ignora. Elle avait trop de choses en tête pour s'en formaliser.

4

Le parfum fleuri de la jeune femme continua à flotter dans la pièce après son départ. Zac ne pouvait que l'admettre au vu de son état : elle ne le laissait pas indifférent. Et les choses en resteraient là. Pas seulement à cause de la mise en garde de Marco. Rose Hill était typiquement le genre de femmes qu'il fuyait. Celles qui voyaient dans le sexe plus qu'une simple transaction physique. La jolie rousse rêvait du prince charmant, cela sautait aux yeux. Elle plairait sûrement à sa mère.

Voilà qui remettait les pendules à l'heure.

Il se sentait mieux maintenant qu'il avait réaffirmé ses principes. Bien sûr, il devrait passer du temps en sa compagnie, mais uniquement pour l'observer. C'était la mission que lui avait confiée Marco. *On ne touche qu'avec les yeux, Zac.*

Il appela son ami afin de l'informer de ses avancées.

— Elle va vivre sous ton toit ? C'est idéal.

Pas pour Zac. Habiter avec une femme dont les lèvres lui inspiraient les plus sulfureux fantasmes n'avait rien d'idéal. C'était d'autant plus dérangeant que celles, identiques, de sa sœur jumelle ne lui avaient jamais fait aucun effet.

— Tu veux connaître mes premières impressions ?

En dehors du fait que son sujet d'étude exerçait une dangereuse emprise sur sa libido. Marco n'avait pas besoin de savoir cela.

— À mon avis, tu n'as aucune inquiétude à avoir.

— Vraiment ? Tu ne penses pas qu'elle représente un danger pour Kate ?

Le seul danger que représentait Rose Hill était pour elle-même. Du moins le donnait-elle à croire. Mais peut-être n'était-ce qu'une ruse ? Peut-être avait-elle appris l'art de la manipulation auprès de son père, qu'elle avait mis en pratique pour lui extorquer un bonus financier. Ou attirer son attention. Elle ne serait pas la première aventurière à la prendre pour cible. À moins qu'elle ne soit, au contraire, déterminée à ne *pas* ressembler à son père ? Vivait-elle dans la terreur d'avoir hérité du pire de son géniteur ?

Non. Tu confonds avec toi, railla une voix dans sa tête.

Je ne lis pas dans les pensées, Marco. Mais elle n'a pas l'air d'un escroc. Enfin, les meilleurs sont souvent bons comédiens, concéda-t-il.

— Désolé si j'ai l'air...

— Parano ? Pas de problème. Je comprends.

En réalité, pas vraiment. Aucune femme ne lui avait jamais inspiré un tel instinct protecteur, à part sa mère. Peut-être parce que toutes les femmes qui avaient traversé sa vie savaient se défendre par elle-même.

Un rire s'éleva à l'autre bout du fil.

— Toujours aussi direct. Mais je te suis reconnaissant de ce que tu fais.

— Comment va Kate ?

Le reste de la conversation, que Zac écourta en prétextant un rendez-vous urgent, tourna autour de Kate et son éternelle perfection. Il imagina sa jumelle avec le même genre de bijou précieux autour du cou que la princesse de Renzoi. Rose n'arborait rien d'autre que sa flamboyante chevelure et, peut-être, un sourire tentateur sur ses lèvres divines en certaines occasions...

Il s'abîma dans la contemplation du paysage londonien. C'était totalement insensé, la façon dont cette femme l'obsédait.

Peut-être était-ce l'équivalent du coup de foudre pour ceux qui, comme lui, ne tombaient pas amoureux. Une alchimie physique au premier regard. Par chance, cela tendait à se dissiper beaucoup plus vite. Ce serait pareil avec Rose. Il embrassait bien Kate Zanetti sur la joue, sans ressentir le moindre désir de la prendre là, contre le mur le plus proche. Heureusement ! Marco voyait déjà d'un mauvais œil qu'il courtise sa belle-sœur. Alors sa femme... Ce serait la provocation en duel assurée. Leur amitié comptait beaucoup pour lui. Marco ne lui demandait pas la lune. Seulement de refréner ses ardeurs et rester objectif. Rien d'insurmontable.

Alors qu'il s'éloignait de la baie vitrée, un éclat métallique par terre accrocha son regard. Un trousseau de clés. Il se pencha pour le ramasser. Ce n'était pas le sien. Une seule personne venue dans son bureau posséderait un porte-clés muni d'une petite peluche tricotée. Un cochon ? Ou peut-être un cheval ?

Il appuya sur le bouton de son Interphone. Il imaginait Rose debout devant sa porte, fouillant frénétiquement son sac, la mine paniquée en s'apercevant qu'elle avait perdu ses clés. Puis la panique dans ses yeux s'estompa, chassée par le feu de la passion. Ses mains délicates erraient partout sur lui... Absorbé par ce nouveau scénario, il en oubliait qu'il n'était pas censé la désirer. La voix de son assistante l'arracha à sa rêverie.

— Hum... Non, rien, répondit-il. J'ai décidé de partir plus tôt, ce soir.

Dans l'ascenseur, il contacta Arthur et lui expliqua la situation, en précisant les arrangements qu'il attendait de lui.

Zac n'avait jamais mis les pieds dans aucune des crèches des bâtiments Adamos. Elles faisaient partie des nombreux projets financés par l'Adamos Trust, l'un de ceux dans lesquels il n'était pas personnellement investi. Contrairement au programme d'alphabétisation qui lui tenait à cœur. L'une de ses demi-sœurs était dyslexique. Les murs de couleurs vives décorés d'œuvres enfantines tranchaient avec le reste de l'édifice, à l'atmosphère neutre et minimaliste. Zac sentait déjà poindre le mal de crâne. Il dépassa un collage particulièrement tape-à-l'œil avant d'atteindre une porte indiquant « Bureau ». Sous le panneau vitré, une affiche invitait à entrer sans frapper. Le summum de l'impolitesse pour Zac. Mais puisque la porte était entrouverte...

Un bruit de voix à l'intérieur l'arrêta net.

— Alors ? Que s'est-il passé ?

— Désolée de te laisser dans la panade...

— Il t'a *renvoyée* ?

Jac explosa d'indignation.

— Non, mais quel culot ! Ça ne va pas se passer comme ça. Je vais de ce pas lui dire ma façon de penser !

Cette défense véhémente fit sourire Rose. Elle serra sa collègue dans ses bras, autant que son ventre rond le permettait.

— Calme-toi. Il ne m'a pas renvoyée. Il m'a proposé une mission temporaire.

— Bon sang, ne me fais pas des frayeurs pareilles !

Jac remonta ses lunettes sur son nez.

— Quel genre de « mission temporaire » ?

Rose lui expliqua la situation en quelques mots.

— Alors tu pars en Grèce t'occuper de ce bébé orphelin ? C'est si triste... Enfin, pas pour toi. Waouh !

Jac secoua la tête d'un air incrédule.

— Zac Adamos, papa ? J'ai du mal à imaginer M. Cœur-de-pierre avec des enfants.

— Tu es injuste, protesta Rose. Certaines personnes ne sont simplement pas démonstratives.

— Ah, Rose. Ta bonté te perdra.

— Pour être honnête, j'ai mes réserves à l'idée de travailler directement pour lui.

— Tu dois bien être la seule, répliqua sa collègue en riant. Combien de temps vais-je devoir me passer de toi ?

— Aucune idée.

Cela aurait été plus pratique de le savoir. Mais peu importait. Elle n'avait aucune attache à part son père, qui ne se manifestait que quand il avait besoin de quelque chose. Elle était libre. Alors pourquoi en éprouvait-elle un pincement au cœur ?

— Jusqu'au retour de la nourrice, j'imagine.

— Toi et Zac Adamos en Grèce...

Jac poussa un soupir.

— Avec quelques années de moins, que ne donnerais-je pas pour être à ta place ?

Rose rougit et se força à rire.

— Oh ! je te le laisse ! Il est le dernier homme au monde auquel je m'intéresserais.

En faisait-elle trop ? On jurerait qu'elle était dans le déni. C'était la vérité que les mâles alpha, ce que Zac était indubitablement, n'étaient pas son genre. Mais elle ne pouvait nier que se retrouver face à lui avait éveillé quelque chose en elle, un désir tel qu'elle avait cru n'exister que dans les romans. Le plus alarmant était qu'elle avait aimé ce frisson d'excitation. Une part d'elle s'était sentie vivante. Mais une autre avait pris peur. *Comme toujours.*

— De toute façon, je doute de l'avoir marqué. J'aurais aussi bien pu être une plante verte.

— Oh ! Rose. Tu es magnifique et tu ne le sais pas.

Rose n'avait pas l'habitude des compliments. Gênée, elle redirigea la conversation vers un terrain moins personnel.

— Quoi qu'il en soit, c'est une formidable opportunité. J'ai beaucoup de chance.

— Sois prudente quand même.

— Prudente ?

— Zac Adamos est un requin, décréta Jac. Un homme sans scrupule qui n'hésite pas à jouer de ses charmes.

— Ses charmes me laissent de marbre, affirma Rose avec dédain. Et je ne suis pas idiote. Je connais son genre. Mais bon, avec un physique pareil, il y a de quoi être arrogant.

Elle revit son visage volontaire aux traits incisifs, s'imagina l'effleurant de la main...

Arrête ça tout de suite !

— Franchement, Jac, si je cherchais à me caser... Et crois-moi, ce n'est pas le cas...

— Pourquoi ? Est-ce à cause de cet imbécile de Sutton ? intervint sa collègue. Ne me dis pas qu'il a réussi à te dégoûter des hommes ?

— Non, pas du tout.

L'incident avec Andy Sutton n'était pas son épisode le plus glorieux. Mais ce n'était pas non plus un traumatisme. Elle avait même réussi à en rire avec Jac, le lundi qui avait suivi ce dîner cauchemardesque.

— Tu sais qu'il m'a ignorée l'autre jour dans le couloir ? J'ai bien vu qu'il faisait semblant de ne pas me voir, raconta Rose.

— Quel minable.

— C'est vrai que je l'ai embarrassé. Sa tête quand il m'a vue arriver en jean et T-shirt ! C'était pourtant mon meilleur jean et mon T-shirt avait des sequins.

Elle gloussa, bien que cela n'eût rien eu d'amusant sur le moment.

— Pour ma défense, il avait parlé d'un dîner décontracté.

Ce qui, apparemment, était un code pour « tenue correcte exigée ». Toutes les femmes étaient sur leur trente et un dans des robes de créateurs.

— Dire qu'il t'a laissée rentrer seule sous la pluie...

— Je suis une grande fille, Jac. Et il ne m'a pas dégoûtée

des hommes. S'il en existe un pour moi, je finirai bien par le rencontrer.

— Oh non, tu es une romantique, déplora Jac. Le prince charmant ne frappe pas à ta porte, Rose. Il faut être plus proactive !

Elle croisa les bras sur sa généreuse poitrine.

— D'accord. Si tu cherchais quelqu'un, quel serait ton type d'hommes ?

— Eh bien, pas un apollon superficiel...

Même sexy en diable. Malgré elle, l'image de Zac s'imposa dans son esprit.

— Je veux quelqu'un avec le sens de l'autodérision, continua-t-elle. Tu imagines Requin Ténébreux riant de lui-même ?

— Requin Ténébreux ?

Jac s'esclaffa. Un mouvement dans la glace accrochée au mur attira l'attention de Rose.

— Jac, je crois que...

Son cœur sombra dans sa poitrine. Il y avait un autre reflet que le leur dans le miroir. Sa vie défila devant ses yeux. Ou plus exactement, son échange avec Jac dans sa tête.

— L'affiche dit d'entrer sans frapper, lança Requin Ténébreux en souriant de toutes ses dents.

La femme appelée Jac sursauta. L'embarras visible de Rose procura à Zac une certaine satisfaction. Il y avait plus agréable que s'entendre qualifier d'apollon superficiel et arrogant. Ou de dernier homme au monde digne d'intérêt. Par chance, il avait un ego en acier trempé. Mais en d'autres circonstances, il lui aurait volontiers fait ravaler ses paroles.

Il avait un sourire cruel, décida Rose. Pourquoi tant de femmes couraient-elles après les bad boys ? Cela la dépassait. Zac Adamos exsudait le danger. Surtout en cet instant. Elle lutta contre le réflexe puéril de fermer les yeux pour devenir invisible, comme quand elle était enfant. Jac n'était pas d'un grand secours. Elle semblait complètement pétrifiée. Cela la rassura de constater qu'elle n'était pas la seule à perdre ses moyens en présence de cet homme.

Rose prit une grande inspiration. Le mieux était de faire comme s'il n'avait rien entendu. Après tout, c'était lui, le plus coupable. L'affiche n'invitait pas à écouter aux portes !

— M. Adamos. Je parlais justement à Jac de ma mission temporaire.

Elle glissa un regard vers sa collègue. Le fait est que son départ allait lui poser un vrai casse-tête en termes d'effectifs.

— Je l'ai informée que vous engageriez une intérimaire pour me remplacer.

Elle avait levé le menton en disant cela. Zac éprouva une pointe d'admiration malgré lui. Son regard direct semblait le défier de la contredire. Elle avait du cran, il devait le reconnaître.

— Naturellement. Bien que vous soyez irremplaçable, mademoiselle Hill, j'en suis certain.

Si Rose perçut le sarcasme, ce ne fut pas le cas de sa collègue qui, ayant retrouvé l'usage de la parole, s'empressa de confirmer en brossant de Rose un portrait élogieux, à mi-chemin entre Wonder Woman et une sainte. Zac s'amusa de la gêne de la jeune femme. Elle n'était donc pas adepte de ce genre de publicités. Un trait de caractère qui se retrouvait chez Kate, pour autant qu'il ait pu en juger. Fascinant. Des sœurs jumelles élevées séparément finissaient-elles malgré tout par se ressembler ?

Ironie du sort, la sœur adoptée avait eu plus de chance en tombant sur une famille aimante et présente pour elle. À l'inverse, celle élevée par son père biologique n'avait sans doute aucune idée de ce que c'était vraiment d'avoir une famille.

Rose força un sourire sur ses lèvres. Jac avait eu raison de la mettre en garde contre Zac. Elle avait beau savoir à quoi s'en tenir, son cerveau cessait de fonctionner dès qu'elle se retrouvait dans sa proximité immédiate. Il fallait espérer que sa propriété grecque soit assez grande. C'était sûrement le cas. Elle était curieuse de découvrir comment vivait l'élite. Curieuse, mais pas envieuse. Elle avait vécu dans des endroits chics et d'autres beaucoup plus modestes en grandissant, selon la chance de son père. À choisir, elle préférait le confort, comme tout le monde. Mais le confort ne faisait pas le bonheur. Son pire souvenir était lorsqu'ils vivaient dans cette magnifique villa au cœur d'un quartier prisé. Son père s'était envolé pour Paris et un « collègue » était passé s'enquérir de lui. Ses compliments sur le « joli brin de femme » qu'elle était l'avaient écœurée. Elle n'avait plus osé allumer la lumière de la semaine, le soir, après l'avoir vu rôder à l'extérieur. Elle avait détesté cette villa.

— Navrée, M. Adamos. J'allais rentrer chez moi...

Peu importait le motif de sa visite. Elle n'avait qu'une hâte, qu'il s'en aille. D'autant que sa migraine revenait en force.

— Bien sûr.

Sans crier gare, il tendit la main et ses longs doigts bruns se refermèrent autour de la sienne. Elle sentit son pouce caresser le creux de son poignet. Une décharge électrique lui remonta le bras. Rose ne respirait plus. Elle avait l'impression de flotter hors de son corps, comme si la scène arrivait à quelqu'un d'autre. Zac plaça un trousseau de clés dans sa paume et replia ses doigts dessus.

— Vous allez avoir besoin de ça, je crois.

Rose fixait bêtement ses clés. Le contact n'avait duré que quelques secondes, mais l'onde de choc continuait à faire des ravages.

— Oh ! j'ignorais que je les avais perdues. Merci.

Sa voix était normale, à son vif soulagement. Car sa réaction, elle, n'avait rien de normal. Le contrecoup du stress, sans doute.

— Je vous en prie.

Il les salua, elle et Jac, d'un signe de tête et s'en alla.

— Ça alors ! s'exclama Jac. Il n'est pas si méchant, tout compte fait.

— Pour un requin ? repartit Rose, sarcastique.

Un seul sourire de Zac avait suffi à amadouer sa plus sévère détractrice. Ce n'était pas pour la rassurer.

5

— Mademoiselle Hill, vous partez ?

Rose tourna la tête vers le visiteur qui venait de se matérialiser sur le seuil de son bureau.

— Hum, oui.

Son regard de jais la transperça. Zac n'avait pas besoin d'entrer pour que son aura magnétique emplisse la pièce. Un frisson la parcourut. En fait de requin, il tenait plus de la panthère, dangereuse et imprévisible.

— Parfait, dit-il en consultant sa montre.

Le geste fit remonter sa manche, dévoilant un avant-bras bronzé, parsemé d'un duvet viril. Rose s'obligea à regarder ailleurs.

— Je pars aussi. Puisque nous sommes pressés, le plus simple est que je vous ramène chez vous. J'attendrai pendant que vous faites vos bagages.

Ce n'était pas une suggestion. Cet homme se croyait vraiment tout permis ! Il n'avait qu'à claquer des doigts pour que tout le monde obéisse. Il était facile de comprendre pourquoi. Il émanait de lui une autorité naturelle que personne ne songeait à contester. Il tourna les talons comme s'il allait de soi qu'elle allait le suivre. Rose détestait les conflits. Mais cette attitude aviva la flamme de la rébellion qui couvait en elle, nourrie par des années de ressentiment accumulé.

Elle avait passé son enfance à suivre son père. Ce qu'elle voulait ne comptait pas. Aujourd'hui encore, elle était une suiveuse. Celle qui laissait toujours les autres décider quelle pizza commander ou quel film regarder. Elle se disait que cela lui était égal. Mais c'était faux. Il était grand temps qu'elle commence à s'affirmer !

— Attendez...

Le moins qu'on puisse dire était qu'elle choisissait son moment. Ce devait être l'effet Zac Adamos. Elle serra les poings dans les poches de son manteau. S'il croyait la mener à la baguette, il se fourrait le doigt dans l'œil.

— Faire mes bagages ?

Il fit volte-face et revint sur ses pas. Son air agacé conforta Rose dans sa résolution. Les battements de son cœur s'accélérèrent. Sortir de sa passivité lui procurait un frisson inattendu. Mieux valait tard que jamais. Quelle ironie que l'arrogance de cet homme ait été le déclencheur !

— Oui, et rencontrer la nourrice, expliqua-t-il avec impatience. Elle a accepté de rester jusqu'à ce soir afin de faciliter la transition. Nous partons demain pour la Grèce. Arthur nous précédera.

Rose écarquilla les yeux. Elle ignorait qui était Arthur et c'était le cadet de ses soucis.

— *Demain ?* répéta-t-elle. Je... je pensais que ce ne serait pas avant...

Elle eut un geste vague désignant un futur indéterminé.

Zac haussa un sourcil.

— Il y a un problème ?

— N... non.

Qu'est-ce qu'elle racontait ?

— Enfin, si ! C'est... tout va beaucoup trop vite...

Difficile d'exprimer la sensation d'être emportée dans un tourbillon incontrôlable. Elle s'efforça de recouvrer son calme.

— Je ne peux pas partir comme ça.

— Vous n'avez pas de parents dépendants. Qu'est-ce qui vous retient ? Un petit ami ?

Son ton frisait l'insulte, comme si la probabilité ne valait même pas la peine d'être considérée.

— Ou votre chat, peut-être ?

Cette fois, il dépassait les bornes. Elle le fusilla du regard.

— J'adore les chats, mais non. Et ma vie privée ne vous regarde pas.

Son expression médusée l'aurait fait rire, si la vie privée qu'elle défendait si farouchement n'était pas une page blanche.

— Écoutez, je reconnais que c'est très soudain, dit-il comme si les mots lui arrachaient la gorge.

Trop aimable. Panique, colère et tout un maelström d'émotions se disputaient en elle. Dire que ce matin encore, son seul problème était d'avoir acheté du décaféiné par erreur. Et aussi de se retrouver à découvert une fois sa facture d'électricité payée. Le bonus que lui offrait Zac, même réduit de moitié, réglerait pour de bon ses difficultés financières.

— Mais la situation est urgente, continua-t-il.

Son hostilité retomba. Elle eut honte d'avoir oublié la raison de son départ en Grèce. Ne pouvait-elle prendre sur elle pour aider un petit orphelin ?

Son conflit intérieur se lisait sur son visage. Elle n'avait aucune idée qu'il la manipulait. Zac eut mauvaise conscience. C'était idiot. Il n'avait pas menti. Si Rose se désistait maintenant, qui s'occuperait de Declan ? Bien sûr, il aurait dû anticiper et prévoir un remplacement en cas d'urgence. Reconnaître ses erreurs n'était pas son fort. Mais sa stratégie avait payé une première fois. La prime généreuse y était sans doute pour beaucoup. S'il jouait maintenant la carte de l'empathie...

— J'ai besoin de temps pour réfléchir.

Exactement ce que Zac redoutait. Il était pressé de tenir sa promesse à Marco et passer à autre chose. Une nouvelle vie l'attendait, avec de nouvelles responsabilités. Beaucoup de gens dépendaient de lui. La stabilité de milliers d'employés reposait sur les décisions qu'il prenait jour après jour. Cela ne l'avait jamais empêché de dormir. Malgré la pression, il n'avait jamais douté de son succès. Mais un enfant... C'était différent. Le guider. Le protéger. L'aider à grandir et s'épanouir. À regarder Kairos, cela semblait si simple. Mais Zac n'était pas son beau-père.

Il espérait ne pas être son père non plus. Ce père qui avait refusé d'assumer son rôle. Lorsqu'il avait appris que sa très jeune compagne était enceinte, son implication s'était limitée à lui donner la somme nécessaire pour une IVG. En découvrant qu'elle avait mis l'argent de côté, il avait tenté d'obtenir le même résultat avec ses poings. Sa mère était une survivante. Malgré ce qu'elle avait subi adolescente, elle avait toujours gardé son optimisme.

— À quoi avez-vous besoin de réfléchir ?

Pour la première fois, Rose détecta une pointe d'accent méridional dans sa voix.

Faisait-il l'amour en grec ?

La question avait jailli de nulle part. Ses joues s'enflammèrent. L'impatience de Zac devenait de plus en plus palpable.

— Très bien, lâcha-t-elle.

Pas pour le satisfaire, mais pour se prouver qu'elle était capable de sauter dans l'inconnu. Si elle ne se décidait pas aujourd'hui, quand oserait-elle ?

C'était maintenant ou jamais.

Elle alla dire au revoir à Jac en lui promettant de revenir bientôt. Zac la salua également, avant de s'écarter pour laisser sortir Rose. Sa courtoisie s'envola dès qu'ils furent dans le couloir. Il marchait à grandes enjambées, sans se soucier de leur différence de taille. Rose devait trottiner pour réussir à le suivre. Ils quittèrent la crèche et prirent un ascenseur qui les conduisit à un parking souterrain. Celui réservé aux voitures de luxe.

Celle dont les feux clignotèrent à leur approche était le summum du genre : basse et rutilante, aussi séduisante avec ses lignes racées que son propriétaire. Alors que Zac lui ouvrait la portière côté passager, Rose aperçut du coin de l'œil deux hommes debout près d'un autre véhicule. L'un d'eux était Andy, le comptable qui l'avait ignorée après leur rendez-vous désastreux. Elle le vit tourner la tête vers elle comme au ralenti. Sans réfléchir, elle plongea derrière la voiture.

— Ai-je manqué quelque chose, mademoiselle Hill ?

Rose avait vue sur ses élégantes chaussures italiennes. Difficile de tomber plus bas.

— Dois-je m'accroupir aussi ?

Oh ! comme elle le haïssait ! Ce mufle se délectait de son humiliation !

— J'en déduis qu'il s'agit du minable qui vous a laissée rentrer sous la pluie ?

De pire en pire. Il avait donc bien entendu toute sa conversation avec Jac.

— Il vient vers nous, l'informa Zac d'un ton dégagé.

— Oh ! non.

— La pose pourrait porter à confusion. Vous, à genoux devant moi...

Rose se releva d'un bond, le visage en feu. Si vite qu'elle aurait perdu l'équilibre si Zac ne l'avait pas retenue par le coude. Seuls quelques centimètres les séparaient. Elle avait quasiment le nez sur son torse ! Elle tenta de reculer, mais la poigne autour de son coude resta ferme. Une lueur hypnotique dansait dans ses yeux sombres. Rose en avait le vertige.

— M... merci. Je vais me débrouiller.

Autant affronter la situation en face. Qui sait ? Peut-être retrouverait-elle un semblant de dignité ?

Peu probable. Ce qu'elle n'avait pas dit à Jac, c'était qu'après le dîner, Andy l'avait acculée dans un coin pour lui proposer un ménage à trois avec un autre invité. Un homme beaucoup trop bien pour elle selon lui, mais qui avait aimé son *style*, formulant cela comme si c'était un compliment et non une insulte. Elle l'aurait giflé ! Au lieu de quoi, elle n'avait réussi qu'à bafouiller une vague excuse, qui lui avait valu un rire railleur et un « oublie ça » jeté avec mépris.

— Non, laissez-moi faire, dit Zac. Vous voulez qu'il regrette ce à côté de quoi il est passé, n'est-ce pas ?

Maintenant qu'il le disait, c'était exactement ce qu'elle voulait. Mais aucune chance que cela arrive.

— J'ai entendu l'histoire circuler dans les couloirs. J'ignorais que c'était vous, la femme dont il était question.

Rose fixa Zac avec horreur. Ce n'était pas en Grèce qu'elle devrait fuir, mais au pôle Nord après une telle honte !

— Ai-je raison ?

— Non, je...

Elle soupira et finit par hocher la tête.

— Alors, faisons-le.

— Quoi ?

La main de Zac quitta son coude pour glisser autour de sa taille, tandis que l'autre lui levait le menton. Il pencha la tête, jusqu'à ce que ses lèvres ne soient plus qu'à quelques millimètres des siennes. Rose retenait son souffle, le cœur battant. Ses paupières se fermèrent d'elles-mêmes. Zac caressa du pouce sa lèvre inférieure, avant de la mordiller doucement. La pression sensuelle de sa bouche lui fit rendre les armes. Elle succomba et leur baiser gagna en profondeur. Agrippée à sa veste, elle absorbait la chaleur de son corps robuste contre le sien. La passion chassa ses dernières miettes de rationalité. C'était une mauvaise idée, mais tant pis. Seul comptait ce délicieux frisson alors qu'elle nouait les bras autour de son cou.

Puis tout s'arrêta. Zac se dégagea et elle retomba sur ses talons, mortifiée. Elle avait les seins lourds et une sensation brûlante palpitait entre ses cuisses. Elle résista au besoin de toucher ses lèvres encore frémissantes. Le contrecoup de leur intimité se répercutait à travers son être telles les répliques d'un séisme. Pour ajouter à son humiliation, Zac réajustait ses boutons de manchette comme s'il ne s'était rien passé.

— P... pourquoi ?

Une question qui en contenait plusieurs. Pourquoi l'avait-il embrassée ? Pourquoi lui avait-elle rendu son baiser ? Et pourquoi avait-elle aimé cela ? La troisième réponse était évidente, même sans être une experte. Zac Adamos embrassait comme un dieu.

Avec ses lèvres enflées par ses baisers, Rose Hill était encore plus attirante. Son léger bégaiement ajoutait à son charme. Mais elle était la belle-sœur de Marco. C'est-à-dire hors limite, se sermonna Zac. Alors pourquoi l'avoir embrassée ?

Parce qu'il avait vu la honte dans ses yeux et celui qui en était responsable. S'il s'était écouté, il lui aurait collé son poing dans la figure ! Mais cela ne se faisait pas. Alors il avait opté pour une autre stratégie : rendre à ce sale type la monnaie de sa pièce. Zac cernait facilement le caractère des gens. Un seul regard lui avait suffi à le ranger dans la catégorie des sots imbus d'eux-mêmes. Entendre Rose, sa victime, rire de l'affront qu'il lui avait infligé lui avait appris ce que faire bonne figure signifiait vraiment.

Un autre motif, moins noble, avait été le désir de satisfaire sa curiosité. Avait-il raison de soupçonner chez elle une ardente sensualité ne demandant qu'à s'éveiller ? Il avait sa réponse. Mais cela n'irait pas plus loin. Ce baiser était le premier et serait aussi le dernier. Il avait déjà perdu un ami, il n'en perdrait pas d'autres. Marco n'accepterait rien moins qu'une sainte pour belle-sœur. Et Zac était loin d'être un ange.

— Je crois que votre ami vient de comprendre son erreur. C'est ce que vous vouliez, non ?

Zac, de son côté, comprenait la sienne. En embrassant Rose, il avait goûté à ce qu'il ne pouvait avoir. Respecter sa parole serait une gageure. Il ne pouvait s'en prendre qu'à lui-même. Mais l'admettre ne l'empêchait pas de désirer le fruit défendu, ni n'expliquait la violence de sa réaction face à l'homme qui avait humilié Rose.

— Ce n'est pas mon *ami*.

Et Rose savait maintenant qu'Andy Sutton parlait d'elle dans son dos.

— Il va raconter à tout le monde ce qu'il a vu. Demain, tout le bâtiment sera au courant ! On va me prendre pour...

Oh non. Faites que son intuition la trompe.

— C'est ce que vous vouliez, n'est-ce pas ?

Mais *pourquoi* ?

Il se contenta de hausser les épaules.

— Ce n'était qu'un baiser. Inutile d'en faire une montagne.

Mais la vérité était qu'il avait enfreint ses principes. Zac pouvait difficilement lui faire la morale après avoir eu un comportement qu'il condamnerait chez n'importe qui d'autre. Les liaisons au travail ne finissaient jamais bien. S'il existait des exceptions, elles ne faisaient que confirmer la règle.

— Croyez-moi, quand vous rentrerez, tout le monde sera passé à autre chose. Pourquoi vous soucier de ce que ce type pense ? ajouta-t-il avec humeur. Espériez-vous reprendre là où vous en étiez restés ?

— Je ne suis pas aussi désespérée ! protesta la jeune femme avec virulence.

— Tant mieux. Vous valez mieux que ça.

Rose crut à un énième sarcasme. Mais son expression était sérieuse.

— Et maintenant, il le sait aussi, continua-t-il. La punition est à la hauteur de l'affront. Il est humilié car sur l'échelle hiérarchique, je suis loin au-dessus d'un comptable. Superficiel, mais efficace. Ne me remerciez pas.

Son raisonnement était scandaleux. Mais Rose ne put réprimer un sourire, qu'elle cacha derrière sa main. Zac approuva.

— Ravi de voir que nous nous comprenons. Savourez votre revanche.

Comme elle avait savouré leur baiser ? Le goût de ses lèvres persistait sur les siennes. Il l'avait embrassée pour donner une leçon à Andy. Mais elle en avait reçu une aussi, capitale pour sa propre préservation. À savoir que Zac Adamos lui plaisait et que l'embrasser était jouer avec le feu.

— Voulez-vous que je le renvoie ?

— Pardon ?

— Ce type... Voulez-vous que je le renvoie ? répéta Zac.

Rose ouvrit des yeux horrifiés.

— Vous ne pouvez pas faire ça !

— Je suis le patron, non ? Ne vous inquiétez pas. Il a sûrement déjà commis quelques fautes. Nous le faisons tous.

— Pas moi, réfuta Rose. Ne prenez pas votre cas pour une généralité.

Elle plaqua une main sur sa bouche.

— Désolée...

— Rassurez-vous. Je me considère plutôt comme l'exception.

Un sourire cynique étira ses lèvres.

— La plupart des gens ont des scrupules. Ça me donne un avantage.

Rose monta à bord du cabriolet. Le siège passager était plus bas qu'elle en avait l'habitude, mais très confortable, avec toute la place nécessaire pour ses jambes.

— Où habitez-vous ? demanda Zac en s'installant au volant.

Elle lui indiqua l'adresse, s'attendant à ce qu'il demande l'itinéraire. Il n'avait sûrement jamais mis les pieds dans ce quartier excentré, à mille lieues des endroits branchés qu'il fréquentait. Mais il se contenta de hocher la tête.

— Désolée de vous faire faire un détour, s'excusa-t-elle.

Elle en fut d'autant plus désolée lorsqu'un embouteillage les obligea à ralentir. Se retrouver seule avec lui dans cet espace exigu la mettait à cran. Surtout après le baiser qu'ils avaient échangé. Comme si l'habitacle n'était pas assez grand pour contenir son énergie masculine hors norme. Rose faisait comme si de rien n'était. Du moins essayait-elle. Elle admira l'aisance avec laquelle il effectua le créneau compliqué pour se garer devant son immeuble.

— Je n'en ai pas pour longtemps, promit-elle.

Mais quand elle voulut déboucler sa ceinture, rien ne se passa. Zac la regarda essayer plusieurs fois, avant de se pencher sur elle pour appuyer sur un bouton. Son bras l'empêchait de bouger. Elle-même était paralysée. Puis il se redressa en tournant la tête. Leurs visages étaient si proches que son souffle tiède balayait sa joue. Son regard d'ébène se posa sur sa bouche. Le temps se suspendit. Était-ce du désir dans ses yeux ? Non, elle se faisait des idées. Déjà, Zac se rasseyait sur son siège.

— Vous ne m'invitez pas à entrer ?

Il y avait plus que de la moquerie dans sa question. Comme une forme d'insistance. Rose ne chercha pas à approfondir, troublée par la scène torride qui venait de se dérouler. Enfin, torride dans sa tête. Zac n'avait pas failli l'embrasser à nouveau. Pourquoi l'aurait-il fait ? Il n'y avait personne à punir, cette fois.

— Non. J'irai plus vite seule.

Il haussa les épaules.

— Nous avons le temps.

— Je croyais que nous étions pressés ?

— Je ne connais aucune femme capable de faire ses valises rapidement.

Rose roula des yeux.

— Maintenant, si. Moi.

D'un mouvement leste, elle descendit de voiture. Seulement pour entendre Zac lui emboîter le pas alors qu'elle se dirigeait vers la porte. Elle serra les dents. Il ne comprenait vraiment pas le sens du mot « non ».

— Je n'ai pas besoin d'aide, merci.

Mais il continua à la suivre dans le hall d'entrée.

— L'ascenseur est en panne, l'informa-t-elle à contrecœur avant de s'engager dans l'escalier.

Zac l'imita. Il ne pouvait laisser passer cette chance. Marco voudrait savoir comment elle vivait. La réticence de Rose à le faire entrer chez elle piquait sa curiosité. Que cachait-elle ? Un amant secret ? L'hypothèse le contraria sans qu'il s'explique pourquoi. Il songea à leur baiser et le feu se ralluma dans son sang. Peu importait combien d'amants elle avait eus. Il n'était pas là pour juger, mais pour observer les faits, se raisonna-t-il. À Marco de se forger son opinion.

Rose était essoufflée en atteignant son palier. Pas Zac, bien sûr. Sa main tremblait légèrement lorsqu'elle tourna la clé dans la serrure.

— Attendez-moi là, marmonna-t-elle en entrant.

— Pardon ?

Elle fit volte-face, excédée, juste au moment où il franchissait le seuil derrière elle. Son pouls s'affola. Elle évita de justesse la collision et s'empressa de mettre de la distance.

— Combien de chambres avez-vous ? s'enquit Zac.

— Une seule. Elle fait aussi salon et cuisine, répondit Rose, sur la défensive.

— Il n'y a pas de lit ?

Le sang afflua à ses joues, à son grand dam. Était-elle obligée de rougir telle une vierge effarouchée dès qu'un homme prononçait le mot « lit » ? D'accord, elle était effectivement vierge. Et peut-être son inexpérience commençait-elle à lui peser. Plus le temps passait, plus il devenait délicat de l'avouer. Encore faudrait-il qu'elle ait quelqu'un. Mais elle était résolue à attendre la bonne personne. Une relation sérieuse ne se construisait pas du jour au lendemain.

Elle inspira calmement.

— Si, il y a un lit. Je le replie en journée. C'est courant chez le commun des mortels. Maintenant, si vous voulez bien m'excuser, j'ai des bagages à faire.

— C'est très... rangé.

C'est la seule chose positive que Zac trouva à dire sur ce qui ressemblait plus à un cagibi qu'à un appartement. Le désordre se limitait à une bouteille de cognac quasi vide dans la cuisine. Les murs blancs et le mobilier quelconque ne lui apprenaient pas grand-chose sur la jeune femme. Il n'y avait aucun effet personnel en vue, excepté les livres dans l'étagère encastrée. Elle avait un faible pour les romans policiers et les ouvrages de cuisine. Il doutait que cela intéresse Marco.

Rose plissa les yeux. Se moquait-il d'elle ? Elle décida de lui accorder le bénéfice du doute.

— Le studio était loué meublé et le propriétaire refuse que je repeigne. Mais c'est correct et dans mes prix. Il n'y a pas de chambre d'amis, alors mon père ne risque pas de venir s'incruster.

Zut. Elle en avait encore trop dit. Voilà pourquoi son père l'appelait la « catastrophe ambulante ». Elle avait gâché plusieurs de ses arnaques en vendant la mèche au pire moment. Peut-être avait-elle un don pour mettre les gens en confiance, mais elle méprisait les hommes qui lorgnaient ses seins sans vergogne. Quant au « contact » de son père qui avait posé sa main sur sa cuisse, il devrait s'estimer heureux qu'elle ait bu la moitié de son verre avant de renverser le reste sur son entrejambe.

— J'aime avoir mon espace. Avec mon salaire, l'alternative serait une colocation. J'ai passé l'âge.

Zac étudia son visage juvénile.

— Si vous le dites.

Il comprenait. Lui aussi tenait à son intimité. Quoiqu'il ne soit pas contre partager la sienne... Sa température interne grimpa de plusieurs degrés.

— La famille... Pas toujours facile, n'est-ce pas ? lança-t-il en se rappelant pourquoi il était là.

— Vous permettez ?

Il s'écarta et elle disparut dans la salle de bains. Elle en ressortit peu après avec une trousse de toilette, puis se hissa devant un placard pour atteindre un sac fourre-tout sur le rayon du haut, lui offrant une vue imprenable sur son ravissant fessier. Il serra les dents lorsqu'elle s'étira telle une chatte. Le faisait-elle exprès ? Elle devait bien savoir l'effet que ses tortillements produisaient sur lui. Aucune femme aussi belle n'ignorait son pouvoir sur les hommes.

Enfin, elle réussit à attraper son sac.

— C'est l'affaire d'une minute, promit-elle.

Il ne lui en fallut pas plus de cinq.

— Ça a été rapide, convint-il. Où sont vos bagages ?

— Là.

Elle désigna le sac fourre-tout qu'elle serrait contre elle avec un petit air satisfait.

Zac arqua un sourcil.

— Une femme qui voyage léger ? Je suis impressionné.

Rose parut le prendre comme un compliment. Ce n'en était

pas un. L'espace de rangement était si limité que tout ce qu'elle possédait tiendrait sans doute dans une seule valise.

— Nous bougions souvent quand j'étais enfant, raconta Rose. J'ai appris à ne pas m'encombrer.

Au cas où ils auraient à déménager à la cloche de bois après un énième loyer impayé.

— Vous voyagiez beaucoup ? questionna Zac.

Elle eut un rire jaune.

— C'est mon père qui voyageait. Moi, je restais à la maison.

— Avec de la famille ou des amis ?

— Pas besoin. Je n'étais plus une gamine.

Mais c'est exactement ce qu'elle était. Une gamine trop jeune pour être livrée à elle-même.

— Votre père occupe donc un poste à hautes responsabilités ?

Rose fuit son regard.

— C'est quelqu'un qui aime se lancer dans de nouveaux projets, éluda-t-elle. Je crois que je vais avoir besoin d'un nouveau maillot de bain en Grèce.

Zac prit note du changement de sujet abrupt. La jeune femme semblait mal à l'aise quand elle évoquait son père. Par peur de s'incriminer ou parce qu'elle avait honte de lui ?

— Êtes-vous bonne nageuse ? s'enquit-il au moment de quitter l'appartement.

Rose attendit qu'il soit sorti pour fermer la porte derrière eux.

— Non. Je reste où j'ai pied.

— Vous avez peur de l'eau ?

— Pas du tout. Juste de me noyer.

Elle sentit le regard de Zac sur elle tandis qu'elle descendait l'escalier.

— Vous devriez apprendre à nager.

— J'ai eu un cours, une fois.

En quelque sorte. Son père l'avait jetée sans crier gare dans une rivière. Elle se rembrunit à ce souvenir. Zac dut le percevoir car il l'interrogea :

— Que s'est-il passé ?

Rose hésita. Dans sa rue, la luxueuse voiture de sport de Zac ne passait pas inaperçue. À l'image de Zac lui-même.

— Je n'ai pas flotté, répondit-elle laconiquement en prenant place sur le siège en cuir. Mais j'aime beaucoup la plage. Habitez-vous près de la mer ? Je pense à mes jours de congé. Rassurez-vous, je sais que je ne vais pas en Grèce pour me la couler douce.

La mention de la plage enflamma l'imagination de Zac. Un film défilait dans sa tête, de Rose émergeant des vagues, ruisselante dans son bikini. Puis arrivait la scène où il l'allongeait sur le sable... Il serra les dents. Avoir de l'imagination était un atout, tant qu'on la contrôlait. Ce qui était son cas. Depuis quand se laissait-il dépasser par ses fantasmes ?

Il fit mine de consulter son portable, le temps de recouvrer son sang-froid avant de prendre le volant. La sécurité routière avant tout.

Rose attendait, mais Zac ne répondit pas à sa question. Il était absorbé par son téléphone, indifférent à sa présence. Elle l'enviait, elle qui subissait de plein fouet les effets de son puissant magnétisme. Même son odeur, unique et éminemment masculine, l'étourdissait. Ce devrait être illégal !

Elle sombra dans le silence, dépitée de cette emprise qu'il semblait avoir sur ses hormones. Pour ne rien arranger, les prémices d'une nouvelle migraine se faisaient sentir. Avait-elle pris son ordonnance pour ses médicaments ? Oui, elle en était presque sûre.

Elle poussa un soupir. Zac leva le nez de son portable.

— Un problème ?

Rose secoua la tête. Elle détestait ce trouble qui l'envahissait chaque fois qu'il la regardait. Avec un peu de chance, la cohabitation finirait par l'immuniser. Sans quoi, les prochaines semaines allaient virer au calvaire !

— Vous soupirez et froncez les sourcils.

— Puisque je vous dis que tout va bien.

— Inutile d'être agressive.

Rose tressaillit. Personne ne lui avait jamais reproché d'être agressive.

— Désolée. J'ai mal à la tête.

Sa réponse ne parut pas le convaincre. Mais il n'insista pas et rangea son téléphone, avant de démarrer.

6

Le trajet de quinze minutes la propulsa dans un autre monde. Rose connaissait cet édifice emblématique du paysage londonien. Elle s'était parfois demandé qui vivait là. Zac Adamos entre autres, apprenait-elle aujourd'hui. Évidemment, il occupait le penthouse. Fallait-il vraiment que l'ascenseur soit en verre et donne sur l'extérieur ?

— Vous pouvez rouvrir les yeux.

L'amusement de Zac la vexa. Elle se hâta de quitter cette maudite cabine infernale.

— J'ai le vertige, se justifia-t-elle sèchement.

Avant de se rappeler à qui elle s'adressait. Son patron. Qui lui avait déjà reproché d'être agressive.

Et qui l'avait aussi embrassée.

— C'est...

— Une fantaisie de l'architecte. Plus vaine qu'utile.

Décidément, tout le monde en prenait pour son grade, avec lui.

L'ascenseur s'ouvrait directement sur l'appartement de Zac. Le vestibule dans lequel elle se tenait lui parut immense. Du moins, avant qu'elle n'entre dans la pièce à vivre de la taille d'un terrain de football.

— Voici Arthur.

L'homme qui leur avait ouvert détonnait autant que Rose dans ce décor à la splendeur minimaliste. Son nez avait dû être cassé plusieurs fois pour être aussi singulier. Elle leva les yeux pour ne pas fixer son visage balafré. Le plafond, très haut, était dominé par une coupole en vitrail qui baignait le salon d'une douce lumière colorée. Par contraste, le reste de la vaste pièce ouverte était entièrement blanc. L'appartement semblait avoir été conçu pour être le moins adapté possible aux enfants. Du verre partout. Des marches séparant les différents espaces. Des sculptures modernes tout en angles contondants. Les tableaux aux murs ne risquaient pas de blesser un enfant, mais bonjour les cauchemars ! Elle détourna les yeux d'une toile particulièrement dérangeante. Sans doute était-ce ce qui en faisait un chef-d'œuvre. Rose n'en voudrait pas chez elle.

Son verdict était sans appel : impressionnant, mais sans âme. Un exercice de style plus qu'un lieu de vie. Ce n'était pas quelques coussins colorés qui allaient réussir à réchauffer l'atmosphère. Il fallait espérer que sa propriété en Grèce soit plus accueillante pour un enfant.

Son regard revint sur Arthur, qu'elle salua poliment. Quelle fonction occupait cet homme aux traits burinés, en jogging et baskets ? Difficile de cerner son rôle dans cet univers chic. Mais lorsqu'il sourit, il lui fit d'emblée bonne impression.

— Si vous avez la moindre question, Arthur a la réponse, déclara Zac. Sauf si ça concerne les bébés. Dans ce domaine, c'est vous l'experte.

— J'ai intérêt à être à la hauteur, plaisanta-t-il.

Zac parti, il se tourna vers elle.

— Par ici, mademoiselle.

— Je vous en prie, appelez-moi Rose.

Elle le suivit, inquiète de son mal de tête grandissant. Peut-être s'estomperait-il si elle se relaxait ? Autant demander un miracle.

— Laissez-moi prendre vos affaires.

Elle lui en fut reconnaissante. Son sac avait beau ne pas être volumineux, il pesait son poids. Zac aussi lui avait offert de porter son sac à leur arrivée, offre qu'elle avait catégoriquement déclinée. Elle préférait de pas analyser pourquoi.

— Merci.

— J'ai fait faire le lit dans cette chambre.

Arthur ouvrit une porte, révélant une chambre digne d'un palace, et posa son sac au pied du lit gigantesque.

— Je vais vous laisser vous rafraîchir...

— Inutile. Puis-je voir le bébé ?

Il acquiesça.

— La nursery est par là, l'informa-t-il en l'entraînant dans le couloir. La nourrice occupait la chambre contiguë. Mais même d'ici, vous l'entendrez pleurer. La chambre est aussi connectée en Bluetooth.

Son intonation fit sourire Rose.

— Il a une bonne paire de poumons ? avança-t-elle.

— Je regretterais presque mes missions en zones de guerre.

— Oh ! vous étiez dans l'armée ?

Tout s'expliquait. Il avait effectivement une allure militaire.

— Royal Air Force ?

— Marine, corrigea-t-il en feignant d'être offensé.

Elle sourit. Si seulement elle avait des rapports aussi décontractés avec leur patron.

— Janet a accepté de rester jusqu'à votre arrivée, continua Arthur. Puisque je vais à l'aéroport, je la dépose.

— Vous partez ?

Ce qui voulait dire... Le cœur de Rose s'emballa. Elle se raisonna aussitôt. Elle ne serait pas en tête à tête avec Zac. *M. Adamos*, se reprit-elle par souci de professionnalisme. Il y avait le bébé dont elle avait la charge. Quant à *M. Adamos*, peut-être n'avait-il pas prévu de passer la soirée seul. Qui sait si elle n'assisterait pas à un défilé de mannequins en petite tenue ?

— Oui. Je vous précède en Grèce afin que tout soit prêt avant votre arrivée, répondit Arthur.

— Vous êtes donc une sorte d'intendant ?

— Si on veut. Je suis très polyvalent. C'est difficile pour les anciens militaires de se réadapter à la vie civile. J'ai eu de la chance. Je travaille pour Zac depuis que j'ai été réformé. Syndrome de stress post-traumatique, confia-t-il d'un ton neutre. Je l'ai rencontré dans un centre pour vétérans financé par la Fondation Adamos. Il y avait un conflit entre plusieurs gars que j'ai... pacifié.

Un euphémisme dont Rose devinait le sens. Il y avait la diplomatie... et la diplomatie musclée.

— Zac m'a dit qu'il pourrait avoir besoin de quelqu'un comme moi. Il avait raison. Nous y voilà...

Arthur baissa la voix comme ils entraient dans une pièce aux stores fermés, éclairée par veilleuse.

— Voici la nursery.

Rose s'approcha du berceau.

— Je vous laisse, chuchota Arthur. Dites à Janet que je l'attends.

— Coucou, Declan, murmura Rose en se penchant sur le bébé endormi.

Il était à croquer avec ses boucles noires et ses longs cils qui frémissaient sur ses joues rebondies.

— Vous pouvez parler normalement. Il est parti pour un moment, dit une voix derrière elle.

Une voix au fort accent écossais.

— Le pauvre a eu quelques mauvais jours. Maudite colique... Mais ça va beaucoup mieux. Vous devez être Rose ? Je suis Janet, se présenta la nourrice. Ça vous ennuie si je vous fais faire la visite maintenant ? Ma mère a fait une chute et s'est fracturé la hanche. Elle se fait opérer aujourd'hui. J'aimerais être là à son réveil.

— Bien sûr. Désolée pour votre mère.

La visite fut rapide, mais exhaustive. Janet lui demanda son adresse mail et lui envoya toutes ses notes. Rose les accepta avec gratitude.

— J'ai mis en place un début de routine. Mais je me suis surtout adaptée, le temps qu'il trouve ses marques. Le pauvre petit... Vous connaissez son histoire ?

Rose hocha la tête, la gorge nouée.

— Dans les grandes lignes.

— Quel triste départ dans la vie.

La visite se conclut par la cuisine, tout équipée et ultramoderne. Le paradis du gadget. Janet lui montra où était le lait maternisé et lui apprit qu'Arthur était un véritable cordon-bleu.

— Il m'a gâtée. Il vous a laissé un plat à réchauffer au micro-ondes. Vous n'êtes là que pour un soir, n'est-ce pas ?

Rose confirma, soulagée de constater qu'elle commençait à se faire à l'idée. Peut-être sa migraine allait-elle se dissiper d'elle-même ? Elle préférait n'utiliser sa prescription médicale qu'en dernier recours, quand rien d'autre ne faisait effet.

— M. Adamos prend-il ses repas avec vous ? questionna-t-elle.

Janet s'esclaffa.

— Pensez-vous ! Il a à peine vu le bébé.

Elle ponctua ces mots d'une moue critique.

— Et moi, encore moins. Il dîne dehors presque tous les soirs et vit ici comme à l'hôtel. Mais peut-être qu'avec vous... ?

Gênée par l'insinuation, Rose tint à dissiper tout malentendu.

— Je ne suis que la remplaçante, rien de plus. Je doute de le voir plus souvent que vous.

Il fallait espérer. Elle croisa mentalement les doigts. Mais elle ne partageait pas la réprobation de la nourrice. Chacun réagissait à sa manière face à une tragédie. Peut-être le bébé rappelait-il trop à Zac l'ami dont il peinait à faire le deuil ?

— Oh ! désolée. Vous êtes très belle. Je pensais...

— Non, je ne connais pas M. Adamos personnellement.

Un baiser dans un parking comptait-il comme impersonnel ?

— Ça ne changera pas, décréta Janet, visiblement plus à l'aise maintenant qu'elle savait que Rose appartenait à la catégorie des employées et non des maîtresses. Je n'ai guère échangé plus de deux mots avec lui. Il ne met jamais les pieds dans la nursery et communique avec moi par l'intermédiaire d'Arthur.

Rose compatissait à ses griefs, tout en déplorant sa promptitude à condamner Zac.

— Perdre un proche est difficile. Chacun le surmonte à sa façon.

Pour certains, c'était peut-être en dînant tous les soirs au restaurant en galante compagnie. Qui était-elle pour juger ?

— Oui, vous avez raison, concéda Janet. Mes amies étaient toutes jalouses quand j'ai décroché ce poste. Mais qui s'intéresse à la nourrice, pas vrai ?

Pas Zac Adamos, songea Rose, prise d'un élan de sympathie pour la jeune femme qui semblait avoir un peu trop fantasmé sur leur patron. Comment l'en blâmer ?

Aucun risque de son côté. Le suivre dans son lit ? Plutôt plonger sa main dans le feu ! Il y avait moins à perdre. Rose était optimiste. Elle n'avait pas pensé à Zac et son magnétisme animal depuis au moins cinq minutes ! Avec un peu de chance, elle le croiserait aussi peu que sa collègue avant elle.

Le problème de Zac Adamos, c'est qu'il n'était pas un homme dont on oubliait la présence. Même dans un appartement gigantesque, impossible de faire comme s'il n'était pas là.

Jusque-là, tout s'était enchaîné sans lui laisser le temps de réfléchir. Elle s'était familiarisée avec les lieux, soucieuse de localiser tout ce dont le bébé pourrait avoir besoin. Après un débat intérieur, elle avait finalement renoncé à déballer ses affaires. Cela n'en valait pas la peine pour une nuit.

Elle croyait maîtriser la situation. Alors pourquoi sa migraine se réveillait-elle ? Juste au moment où le bébé se mettait à pleurer, bien sûr. Rose serra les dents. Le travail avant tout. Les antalgiques attendraient.

Avant de partir, Arthur avait promis de s'occuper de tout en Grèce. Zac lui faisait confiance. Il n'était pas inquiet. Un silence total régnait dans la bibliothèque. Pourtant, il n'arrivait pas à se concentrer. Hier encore, les pleurs du bébé le rendaient fou et maintenant, il semblait ne plus réussir à travailler sans !

Comment Rose était-elle parvenue à le calmer ? Cela l'intriguait. Mais il n'irait pas enquêter pour autant. Il avait pris la décision de garder ses distances. Le fait qu'il ait tant de mal à s'y tenir prouvait la nécessité de la mesure. Il s'efforça de se remettre au travail. En vain. Pour finir, il se leva et s'approcha du bar encastré, qui renfermait un excellent cognac. *Boire pour oublier ?* pensa-t-il avec dérision en se servant un verre. Il le tint dans sa main, hypnotisé par le liquide couleur d'ambre. Comme les yeux de Rose...

Irrité contre lui-même, il avala son verre d'un trait. Qu'est-ce qui lui arrivait ? En temps normal, ce problème serait déjà réglé. Rien de tel que le sexe pour se vider la tête. Mais puisque cette solution était indisponible, il devrait se rabattre sur l'alcool. Il allait se resservir quand on frappa à la porte.

— *Theos !*

La jeune femme avait le teint gris et des cernes violacés sous les yeux.

— Vous avez une tête à faire peur !

Rose le maudit entre deux coups de marteau-piqueur sous son crâne. Comme si elle avait besoin d'entendre cela !

— Ça ira mieux maintenant que j'ai...

Vomi. Lui non plus n'avait pas besoin d'entendre cela.

— J'ai vu de la lumière sous la porte...

D'autres lumières zigzaguaient devant ses yeux et lui donnaient le vertige, sans pour autant lui faire oublier la douleur qui lui vrillait les tempes.

— Désolée. Si vous aviez de l'aspirine quelque part…

Elle ferma les yeux en inspirant et expirant plusieurs fois.

— J'ai une migraine.

— Vous avez mal à la tête ?

— Non, j'ai une foutue *migraine* !

Elle regretta aussitôt d'avoir haussé la voix et plaqua les mains de chaque côté de sa tête pour atténuer l'effet. Sans succès.

— Je dois retourner voir le bébé. Il va vouloir son biberon.

Comme pour confirmer ses dires, des pleurs s'élevèrent de la nursery. Il ne manquait plus que cela.

— Pouvez-vous éteindre la lumière, s'il vous plaît ?

Elle l'implorait du regard, une main pâle en visière au-dessus de ses yeux. Avec un juron, Zac s'exécuta.

— J'appelle un médecin.

— Non, j'ai juste besoin de…

Elle oscilla tel un arbrisseau malmené par le vent. D'un bond, il fut vers elle et glissa un bras autour de sa taille.

— Vous m'entendez ? De quoi avez-vous besoin ?

Elle ferma les yeux, le front appuyé contre son torse.

— Pas de médecin. Donnez-moi un antalgique et j'irai m'occuper du bébé.

— Je m'en charge, répondit-il avec une autorité qu'il était loin de ressentir. Ça ne doit pas être compliqué.

— Chut ! S'il vous plaît, baissez la voix, supplia-t-elle en enfouissant le visage dans sa chemise.

Cette réaction le laissa interdit. En l'entendant gémir, un étrange élan protecteur le saisit, qu'il mit sur le compte de la panique. C'était la seule explication logique.

Rose tenta de se ressaisir. Elle voulait lui assurer que cela irait mieux si elle pouvait juste rester là encore quelques minutes.

Tout ce qu'elle parvint à émettre fut un son désarticulé. Puis subitement, ses jambes se dérobèrent.

— Hé ! Tenez bon.

Elle délégua aux bras solides autour d'elle le soin de la soutenir. Tout s'effaça. Plus rien n'existait au-delà de l'étau d'acier qui lui comprimait crâne. Ce n'était qu'un mauvais moment à passer. Sa migraine finirait par s'estomper. Mais en attendant...

La jeune femme ne réagit pas quand Zac la souleva contre lui. Il la porta jusqu'à sa chambre et l'étendit sur le lit. Elle se mit en position fœtale en tremblant de tous ses membres. Une émotion indéfinissable le submergea. Une forme de tendresse... Elle paraissait si fragile, en cet instant. Mais il n'était pas son protecteur. Il était l'ami de Marco.

— Désolée, murmura-t-elle d'une voix à peine audible.

Comme s'il n'était pas déjà assez tiraillé. Un bras sur ses yeux, elle émit un autre son qu'il interpréta comme une demande de baisser les stores, ce qu'il fit.

Rose accueillit l'obscurité avec soulagement. Elle détestait se sentir vulnérable, et plus encore demander de l'aide. Mais elle souffrait le martyre. Alors quel choix avait-elle à part ravaler sa fierté ?

— Mes chaussures...

Donner des ordres à son patron n'était pas une bonne idée. Sauf qu'il n'y avait personne d'autre. C'est à peine si elle le sentit lui enlever ses baskets, puis le gilet qu'elle portait par-dessus son débardeur. Avait-elle perdu connaissance ? Une minute ou une heure plus tard, il lui donna deux comprimés d'aspirine qu'il lui fit avaler avec de l'eau.

— Et le bébé ?

Elle tenta de se redresser, mais ne réussit qu'à retomber sur l'oreiller. Elle s'était tout de suite attachée à Declan. Elle savait ce que c'était d'être livré à soi-même. Cela les rapprochait.

— Tout va bien. Il s'est rendormi.

Au grand soulagement de Zac. Il avait dû rassembler tout son courage pour s'obliger à entrer dans la nursery. À affronter le regard accusateur du bébé, comme s'il savait qu'il était un tuteur indigne. La gorge nouée, il avait scruté le petit visage endormi, en quête d'une ressemblance avec les parents qu'il avait perdus. Il n'en avait décelé aucune. C'est là qu'un verrou avait cédé en lui. Soudain, il avait compris pourquoi tous les parents étaient prêts à donner leur vie pour leurs enfants.

— Vous aussi, reposez-vous.

Rose n'était pas la mère de Declan, mais elle avait bravé son état pour lui. Il remonta la couette sur ses frêles épaules. La même sensation inconnue lui étreignit la poitrine. Si sa dernière visite médicale n'avait pas confirmé qu'il était en parfaite santé, il aurait cherché ses symptômes sur Internet.

Comme il l'avait fait pour la migraine. Sans grand résultat. Le volume d'informations était tel qu'il était difficile de trier celles vraiment pertinentes. Zac était un homme d'action. Il détestait se sentir impuissant. Plusieurs sites sérieux mentionnaient bien un médicament souverain, disponible uniquement sur ordonnance. Il avait appelé son médecin, mais était tombé sur la messagerie indiquant un autre numéro en cas d'urgence. Il avait raccroché avec frustration. C'était bien le moment pour son médecin d'être injoignable !

— Je peux faire quelque chose ?

Elle avait l'air si mal... Et tout cela à cause d'une banale migraine ? Si elle n'allait pas mieux dans une demi-heure, il appelait une ambulance, qu'elle le veuille ou non. De toute façon, elle n'était pas en état de protester.

— Distrayez-moi, marmonna-t-elle.

Il s'assit sur le bord du lit. Il faillit lui caresser le front, mais se ravisa, de peur d'aggraver les choses. Faire mal à une femme, même par inadvertance, le répugnait à lui tordre les tripes.

— Comment ? demanda-t-il à voix basse.

— Racontez-moi quelque chose.

Comme quoi ? Un conte pour s'endormir ?

— Je ne connais aucune histoire.

— Votre maison en Grèce... Y avez-vous grandi avec votre famille ?

Qu'imaginait-elle ? Un héritage ancestral transmis de génération en génération ? Rien n'était plus loin de la réalité. Kairos, l'homme qu'il considérait comme son père, avait réussi à partir de rien. Il n'avait ni mépris, ni nostalgie pour ses origines modestes. Quant à sa mère, elle venait d'une famille de hippies. Ses ancêtres menaient une vie bohème, haute en couleur mais désargentée. Tous deux avaient été surpris de son choix de restaurer cette vieille villa en pierre, autrefois grandiose et tombée en ruine. Pourquoi avait-il besoin d'une maison immense en pleine campagne ? Prévoyait-il de fonder une famille ? avait plaisanté Kairos.

Zac lui-même peinait à l'expliquer. Des personnes affirmaient ressentir une connexion immédiate avec certains lieux. Cela l'avait toujours laissé dubitatif. C'était pourtant exactement ce qui s'était passé avec cette maison. Lui redonner vie était devenu une obsession. Sa famille s'était perdue en conjectures. Pour sa demi-sœur portée sur la spiritualité, il y avait vécu dans une vie antérieure. Pour Kairos, il avait flairé un bon investissement. Si la villa avait effectivement pris de la valeur, cela n'avait jamais été le but de Zac. Sa mère, elle, avait parlé de substitut à un enfant. Ironique, puisqu'il avait maintenant un bébé à sa charge.

— Ce n'est pas une propriété de famille. C'était une ruine quand je l'ai achetée. Plus personne n'y vivait depuis des années.

— En avez-vous, de la famille ?

— J'ai une mère et une belle-mère, qui est norvégienne. J'ai aussi quatre beaux-pères, ce qui me donne trois demi-sœurs et quatre sœurs par alliance, énuméra-t-il.

Il ne connaissait Rose que depuis la veille. C'était lui qui était censé lui soutirer des informations. Et voilà qu'il se confiait sur sa vie personnelle comme il ne l'avait jamais fait avec personne ! Comment en était arrivé là ? Quand avait-il baissé sa garde ?

La jeune femme esquissa un pâle sourire.

— Sept sœurs... Vous m'en prêtez une ?

L'envie teintée de mélancolie dans sa voix le toucha. Loyauté envers Marco ou non, si elle n'avait pas sombré dans le sommeil à cet instant, il lui aurait parlé de Kate.

Il quitta la chambre sans bruit et retourna à la nursery. Il eut moins de mal à y entrer, cette fois. Et lorsqu'il se pencha sur le berceau, ce fut avec moins d'appréhension.

Declan ne dormait pas. Il le regardait. Il n'y avait aucune accusation dans ses yeux, juste une confiance placide. Zac ravala une boule d'émotion. Il avait les yeux de Liam.

7

Rose n'avait aucune idée d'où elle était à son réveil. Puis le brouillard se dissipa et elle porta une main à sa tête. Elle se sentait encore vaseuse, mais la douleur était partie. Son soulagement céda la place à l'embarras au souvenir de ce qui s'était passé. Le bébé ! Il était sous sa responsabilité et elle s'en était déchargée sur Zac ! Consternée, elle sauta du lit et courut à la nursery, sans même prendre le temps d'enfiler ses chaussures ou mettre de l'ordre dans ses cheveux.

Les stores de la chambre étaient fermés. Elle s'approcha du berceau éclairé par la veilleuse. Il était vide. La panique s'empara d'elle. Elle se rua au salon et s'immobilisa. Zac était avachi dans un fauteuil, le bébé étalé sur son torse. Un biberon vide trônait sur la table basse. Tous deux dormaient profondément.

Son cœur fondit dans sa poitrine. Declan était absolument adorable et Zac... Il donnait une nouvelle dimension au mot « sexy » avec ses cheveux en bataille, sa barbe de trois jours et sa chemise à demi déboutonnée. Son visage détendu lui donnait l'air plus jeune.

Rose enjamba un paquet de couches ouvert et se rapprocha. C'était quelque chose de voir Zac débraillé, lui d'ordinaire toujours tiré à quatre épingles. Ses cheveux hérissés n'enlevaient rien à son pouvoir d'attraction. Ni les manches roulées sur ses bras.

Le regard de Rose était aimanté par le triangle de peau bronzée que dévoilait le col ouvert.

Zac ouvrit les yeux.

— Bonjour.

Elle tressaillit, prise en flagrant délit.

— Bonjour, répondit-elle avec gêne.

Ils s'étaient écartés de leurs rôles respectifs, la nuit précédente. Pourquoi revenir à la normale était-il si difficile ?

— Toutes mes excuses. Je vais beaucoup mieux.

— Ravi de l'entendre.

Comme pour vérifier ses dires, il la détailla de la tête aux pieds, mais garda ses conclusions pour lui. Par politesse ? Ce serait nouveau. Il était plutôt du genre direct. Un homme comme lui pouvait se le permettre sans craindre de répercussions. Personne ne contredisait Zac Adamos.

Il se redressa avec précaution, en remuant les doigts pour relancer la circulation sanguine.

— Je ne sens plus mon bras...

— Je prends le relais.

Alors que le bébé passait des bras de Zac aux siens, leurs regards se croisèrent. L'air se chargea d'électricité. Rose rompit le contact visuel. Le mieux était encore de faire comme si de rien n'était.

Zac inhala le doux parfum des cheveux de Rose. Il les imaginait effleurant son torse tandis qu'elle le chevauchait... Heureusement que le bébé était là pour le garder ancré dans la réalité !

Alors qu'elle soulevait Declan contre elle, Rose se rappela comment Zac l'avait portée, elle aussi. Chaque détail lui revenait de plus en plus de nettement. Ses bras musclés autour d'elle. La chaleur de son torse, robuste et rassurant. Son roc au cœur de la tourmente. La honte la submergea. Son patron l'avait mise au lit et bordée ! Et elle l'avait questionné sur sa famille par-dessus le marché !

Il lui avait répondu.

— Vous êtes restés là toute la nuit ? demanda-t-elle, attendrie par son dévouement.

— Il s'est endormi. Je ne voulais pas le réveiller.

— Et vous lui avez donné son biberon ?

— Simple comme bonjour. Enfin, c'est ce que j'aimerais pouvoir dire.

Il se leva et se massa le bas du dos, avant de s'étirer pour dénouer ses épaules. Rose l'observait, captivée. Ses yeux suivirent la main qu'il plongea dans ses cheveux. Était-ce ce que ses amantes faisaient au réveil ? Lui ébouriffaient-elles les cheveux en l'embrassant dans le cou, puis le long de son torse... Elle mit le holà avant que son imagination ne dérape.

— Alors comment...

— M'en suis-je sorti ? J'ai appelé ma mère, qui m'a guidé pas à pas après avoir surmonté son fou rire.

Zac grimaça en se remémorant leur conversation surréaliste, sur fond de pleurs stridents.

La scène était si improbable que Rose ne put s'empêcher de rire aussi. Peut-être se montrait-elle trop familière. Les événements de la veille avaient quelque peu brouillé la frontière entre patron et employée. Non... Cela avait commencé avant, quand il l'avait embrassée. S'imaginait-elle une intimité qui n'existait pas ?

— Celle aux quatre maris ?

Seigneur, quand apprendrait-elle à tourner sept fois sa langue dans sa bouche avant de parler ?

— Pas en même temps. L'actuel semble le bon, répondit Zac, son attention fixée sur le bébé blotti contre son épaule.

La mystérieuse sensation dans sa poitrine réapparut. Il s'en passerait volontiers.

— D'après elle, si ça ne fonctionne pas, c'est que quelqu'un d'autre nous attend ailleurs.

Une femme très orientée famille. Rose se demandait ce qu'elle pensait d'une nourrice qui dormait pendant ses heures de travail. Sans doute pas le plus grand bien. Quelle influence avait-elle sur son fils ? Assez pour la faire renvoyer ? Comment l'en blâmer ? Rose ne s'était pas montrée sous son meilleur jour jusque-là. Mais elle tenait à ce travail. C'était une chance unique d'aller en Grèce. Rien à voir avec Zac et son irrésistible sex-appeal.

Rien du tout.

— Désolée pour hier soir. Je ne voulais pas être indiscrète à propos de votre famille.

— Vous aviez besoin d'une distraction. Parfois, la réalité dépasse la fiction.

— Je dormais à moitié. Je ne me souviens pas vraiment, prétendit-elle.

Elle crut le voir se détendre légèrement.

— Mais merci. Navrée d'avoir été un tel fardeau.

Il fit un pas vers elle. Son cœur manqua un battement. D'instinct, elle resserra son étreinte autour du bébé, qui remua dans ses bras.

— Chut, lui murmura-t-elle avec douceur.

Elle l'embrassa sur la joue. La présence de Declan lui servait de bouclier. Contre le magnétisme troublant de son tuteur ? Ou ses propres émotions en sa présence ? Les deux étaient problématiques. Leurs regards se croisèrent brièvement comme Zac frottait son menton rugueux. Il ne devait penser qu'à se raser et prendre une douche. Le reste était dans sa tête. Mais meubler le silence était sa réaction par défaut quand elle paniquait.

— Votre mère était-elle choquée ?

Zac exigeait le meilleur de son personnel. Pourquoi serait-elle différente ? Rose s'étonnait, d'ailleurs, qu'il se montre aussi compréhensif. Surtout après une nuit inconfortable passée dans un fauteuil sans bouger un muscle. Zac Adamos n'était pas réputé pour sa patience.

— Choquée ? Non.

Plutôt stupéfaite. *Tu as besoin de mon aide ? C'est une première, mon chéri !*

— Il en faut plus pour la choquer.

La dernière fois que Zac l'avait vue remontait aux funérailles de Liam, aux côtés de son mari. Elle et Guy étaient ensemble depuis une décennie. Il avait perdu des cheveux, si bien que la différence d'âge se voyait moins. Guy n'avait que dix ans de plus que Liam, qui n'aurait jamais à s'inquiéter d'une future calvitie, ni n'entendrait jamais les premiers mots de son fils...

Le visage de Zac se ferma. Mais pas avant que Rose ne surprenne dans ses yeux un kaléidoscope d'émotions complexes. Elle s'attendait à ce que le sujet soit clos, aussi fut-elle surprise lorsqu'il continua :

— Elle est encore bouleversée par la mort de Liam et Emma. Liam était un étudiant boursier à mon université. Il avait grandi en famille d'accueil et passait ses vacances avec nous. Elle aurait aimé que je lui ressemble davantage.

Zac eut un sourire nostalgique. Liam avait toujours été plus tactile et démonstratif que lui.

— Ma mère croit aux contes de fées. Pour elle, quand on aime vraiment, on vit heureux jusqu'à la fin des temps.

Le ton cynique de Zac déçut Rose. Elle aussi croyait au grand amour et aux fins heureuses. Quel mal y avait-il à cela ?

— Elle est l'illustration parfaite du triomphe de l'espérance sur l'expérience, conclut-il.

— N'est-elle pas...

Elle s'interrompit. *Mêle-toi de tes affaires !*

— Heureuse ? Si, répondit Zac, devinant la question. Le

mariage et les enfants comptent beaucoup pour elle. La preuve, j'ai trois demi-sœurs.

— Je sais.

Rose se mordit la lèvre. Elle était censée avoir oublié ! Mais elle se souvenait de chaque mot. La voix de Zac avait été son unique source d'apaisement dans son enfer personnel. Elle porta distraitement la main à sa tête. Quel bonheur de ne plus avoir mal !

— Vous avez encore la migraine ? demanda-t-il aussitôt.

Décidément, rien ne lui échappait.

— Non, je vais bien.

Elle sourit pour prouver sa bonne foi et changea de sujet.

— Votre père était-il son premier...

Elle n'avait pas terminé qu'elle sut qu'elle avait touché un point sensible. L'atmosphère se refroidit. Son père avait raison de la qualifier de catastrophe ambulante.

— Pardon. C'était...

— Maladroit ? Oui. Elle n'a jamais épousé mon père. Il est décédé.

Rose aurait voulu disparaître dans un trou de souris.

— Je suis désolée.

Zac la considéra avec perplexité. Les gens disaient cela mécaniquement, sans le penser. Mais Rose était sincère, cela se voyait.

Il avait eu affaire à des journalistes chevronnés aux techniques les plus retorses, de l'effet de surprise aux questions pièges, en passant par la flatterie. Jamais il n'avait évoqué son père biologique, encore moins révélé qu'il connaissait son identité. Pas question de tendre le bâton pour se faire battre. Seuls sa mère, Kairos et lui savaient qui il était et ce qu'il avait fait. Son géniteur était tout ce que Zac méprisait : un sale type faible et violent. Voilà pourquoi il n'exaucerait jamais le vœu de sa mère en lui donnant des petits-enfants. Pourquoi prendre le risque que l'histoire se répète ?

Rose Hill, la personne la plus émotive qu'il ait jamais rencontrée, avait réussi là où tous les journalistes avaient échoué. Sans ruse, ni coercition. Il s'était confié de lui-même. Et il était sobre. Il n'avait même pas l'excuse de l'alcool ! Le plus ironique était qu'elle semblait n'avoir aucune idée de la pépite qu'elle détenait. Même si elle le savait, il était certain qu'elle ne s'en servirait pas.

À moins qu'elle ne joue la comédie ? Il devait à Marco d'envisager cette possibilité. Elle avait su exhumer chez lui une faiblesse cachée. Peut-être était-elle maîtresse dans l'art de tirer les ficelles. L'idée de n'être qu'un pantin entre ses mains le mit à cran. Il avait de bonnes raisons de se méfier. Une jeune femme belle, douce, honnête, avec ce qu'il fallait de fougue et de sensualité ? C'était trop beau pour y croire.

Il démêlerait le vrai du faux. Son compte rendu à Marco serait sûrement bref et inintéressant. Mais s'il se trompait, c'était Kate qui en souffrirait. Marco l'avait chargé d'enquêter sur Rose parce qu'il était son meilleur ami, mais aussi parce qu'il connaissait l'objectivité de Zac. Il ne laissait aucune émotion obscurcir son jugement. Du moins était-ce le cas avant que Rose insiste pour s'occuper du bébé alors qu'elle tenait à peine debout. Ou que se manifeste cette sensation dans sa poitrine qu'il se refusait à nommer.

De deux choses l'une : soit Rose était une sainte et il relayait cette conclusion à Marco, en omettant qu'elle enflammait son désir comme nulle autre femme. Soit elle méritait une récompense pour ses incroyables talents d'actrice. La voir si vulnérable lui avait donné envie de la protéger, chose qui ne lui était jamais arrivée avant. Peut-être une part de lui cherchait-elle en réaction un secret honteux, quelque chose qui prouve sa mauvaise foi.

Mais après quelques heures en sa compagnie, son instinct lui soufflait qu'elle était sincère.

Son instinct ou une certaine partie de son anatomie ?

— De l'eau a coulé sous les ponts, répondit-il. Ma mère a épousé Kairos et ils m'ont élevé ensemble. Mais il n'est pas mon père biologique. Tout le monde le sait.

— Pas moi.

La tension dans l'air retomba, au soulagement de Rose.

— Content d'apprendre que mes secrets seront bien gardés avec vous. Avez-vous souvent des migraines ? s'enquit-il.

— Non. Ça n'arrivera plus, assura-t-elle. Les crises de cette ampleur sont rares. En général, j'agis à temps. Il peut y avoir des signes avant-coureurs. Une aura, la vision qui se brouille…

— Mais pas toujours ?

— Je n'ai jamais manqué le travail à cause de ça.

Elle pensait qu'il s'inquiétait en tant qu'employeur ? Zac s'abstint de la détromper. C'était effectivement la seule raison pour laquelle il devrait s'inquiéter.

— Je n'en doute pas.

Rose irait au travail même avec une jambe cassée, il en mettrait sa main à couper. Une vraie tête de mule.

— J'ignorais que les migraines pouvaient être aussi handicapantes.

Rose ne sut que répondre. Difficile de le contredire en s'étant retrouvée clouée au lit. Après avoir fait son possible pour lutter, elle avait lâché prise et il avait été là pour la rattraper. Littéralement. Son regard glissa vers ses larges mains. Une agréable chaleur se répandit en elle. Si elle avait trouvé du réconfort dans sa force, c'était sa douceur qui l'avait le plus marquée.

— C'est pire pour certains, dit-elle.

Zac la revit en position fœtale, le visage déformé par la douleur. Cela semblait difficile à croire.

— Quel est le programme pour aujourd'hui ? Si ce n'est pas trop demander, j'aimerais passer récupérer mes médicaments chez moi, au cas où. Est-ce sur le trajet de l'aéroport ?

Rose attendit sans oser le regarder. Qu'il lui dise qu'il préférait engager quelqu'un d'autre. Quelqu'un qui ne risque pas de s'évanouir à tout instant.

— Faire un détour n'est pas un problème. Le problème serait que ça se reproduise.

Autant jouer les employeurs sans cœur jusqu'au bout. Du reste, il le pensait. Zac était un bon patron par pragmatisme, pas par sensiblerie. Des employés épanouis assuraient une meilleure productivité. C'était logique.

Contrairement à ce qui se passait dans sa tête. Il s'imaginait dormant avec Rose. La serrant contre lui, sans rien de sexuel malgré le brasier qu'elle allumait dans son aine. Ce besoin de prendre soin d'elle qui l'avait poussé à l'action la veille au soir le dépassait. Il ne se reconnaissait pas, lui qui fuyait au premier signe de dépendance chez une femme. Elles étaient celles qui, typiquement, voulaient plus qu'il n'était capable de donner.

Rose sourit avec tendresse au bébé dans ses bras.

— Alors je ne suis pas renvoyée ? demanda-t-elle.

— Pourquoi vous renverrais-je ?

— Vous étiez prêt à vous séparer d'Andy. Vu votre réputation...

Elle recommençait ! Cela devenait une manie chez elle, de mettre les pieds dans le plat ! Son cerveau était aussi embrouillé que ses émotions.

— Continuez. Ça devenait intéressant. Quelle est ma réputation ?

— On vous dit impitoyable, si vous voulez tout savoir. Je n'ai pas dit que j'étais d'accord, précisa-t-elle.

— Ah non ? Comment me voyez-vous ?

— Declan se réveille. Je dois m'en occuper, éluda Rose.

Elle remerciait le ciel du prétexte tout trouvé que lui donnait le bébé. Des étincelles volaient dans l'air. Comme chaque fois, semblait-il, qu'elle et Zac se retrouvaient dans la même pièce.

— Viens, mon chéri. C'est l'heure du biberon, murmura-t-elle en lui frottant le dos. À quelle heure partons-nous ?

— Dès que vous êtes prête.

Zac estimait être quelqu'un qui apprenait vite. Mais s'occuper d'un bébé prenait du temps, ainsi qu'il en avait fait l'expérience.

— Je fais au mieux, promit Rose, résolue à se rattraper.

Elle devait lui prouver qu'elle n'était pas le maillon faible. Elle s'était débrouillée seule toute sa vie. Mais la nuit précédente, Zac avait été là pour elle. Était-ce ce que cela faisait d'avoir quelqu'un à vos côtés quand vous en aviez besoin ? Quelqu'un prêt à vous protéger et partager avec vous les bons moments comme les mauvais ? Quelqu'un avec qui fonder une famille ? Elle espérait le savoir un jour.

— La cuisine est un peu en désordre, l'avertit Zac. J'ai dû... chercher les choses...

L'embarras de Zac la surprit. C'était sa cuisine, il n'avait pas besoin de se justifier. Mais elle comprit en découvrant l'état de la pièce. « Un peu en désordre » ? C'était un euphémisme ! Une tornade semblait être passée par là. Tous les placards étaient grand ouverts, leur contenu étalé sur les divers plans de travail. Rose parvint à dégager un espace pour préparer le biberon, sous les yeux attentifs de Declan installé dans son cosy.

Zac lut ses mails et passa quelques appels. Son voyage en Grèce était un projet de dernière minute, ce qui avait impliqué un remaniement complet de son emploi du temps. Le seul engagement qu'il avait refusé d'annuler était une réception pour un directeur présent à la Fondation depuis son lancement, dont le succès devait beaucoup à son expertise et son généreux dévouement. Charles méritait bien une soirée en son honneur. Revenir à Londres pour l'occasion avait paru l'unique solution. C'était un membre de son équipe qui avait suggéré, en plaisantant, de déplacer la réception en Grèce et faire venir les invités pour le week-end.

L'idée avait plu à Zac, qui avait aussitôt donné ses instructions.

Après une heure terré dans son bureau, il se décida à sortir, accueilli par un merveilleux silence. Il fila à la salle de bains. Une douche bien chaude délasserait ses muscles ankylosés. Sous le jet, ses pensées dérivèrent vers Rose, si naturellement douée avec le bébé. Lui doutait d'être jamais aussi à l'aise. Il doutait… de beaucoup de choses concernant Declan. Au moins, l'enfant n'avait pas ses gènes. Seulement un tuteur laissant à désirer. Zac savait qu'il ne remplacerait jamais Liam. Il était déterminé à faire de son mieux. Mais pour la première fois, il ne se sentait pas à la hauteur.

Le visage de Rose flotta dans son esprit. Le reste s'effaça. C'était elle, son plus gros problème. Et le seul moyen d'y remédier lui était interdit.

Il était dans de beaux draps.

8

Zac tourna le robinet d'eau froide. Une solution temporaire à ses ardeurs, tout au plus. Si son self-control lui échappait, c'était parce qu'il se relâchait, s'admonesta-t-il. Tout ce qu'il avait à faire était d'arrêter de fantasmer et tenir sa promesse à Marco, puis écarter Rose de sa vie en la réunissant avec la famille dont elle rêvait. Rien de compliqué à cela.

Il trouva la jeune femme dans la cuisine, le bébé dans les bras, en train de se débattre avec les sangles d'un cosy.

Rose ne perçut la présence de Zac que lorsque son ombre tomba sur elle.

— Ah, vous tombez bien.

Des papillons voletèrent dans son ventre. Elle les ignora pour se concentrer sur l'utilité de Zac.

— Tenez...

Zac, distrait par la vision de ses fesses moulées par le jean, se retrouva avec Declan dans les bras avant d'avoir compris ce qui lui arrivait.

— Hé !

— J'ai besoin de mes deux mains.

Il n'aurait pas été plus anxieux s'il avait tenu une bombe à retardement.

— Voilà, soutenez la tête, comme hier soir... Parfait. Vous êtes très doué !

Un mensonge éhonté et il le savait. Zac détestait qu'on l'infantilise. D'ailleurs, il s'étonnait de ne pas être plus exaspéré que cela.

Zac Adamos, vulnérable ? Lui toujours si arrogant et sûr de lui... Rose réprima un sourire, qui mourut de lui-même lorsqu'elle se rappela à qui elle avait affaire. Si l'incident de la veille avait installé une certaine familiarité entre eux, elle ferait bien de ne pas oublier sa position. Celle pour laquelle elle était payée.

— Respirez, conseilla-t-elle avec plus de retenue.

Zac crut lire de la déception dans les yeux de Declan levés vers lui. *Désolé, mon vieux. Tu as tiré la courte paille.*

— Il ne pleure plus, remarqua-t-il.

— Je n'ai aucun mérite, dit Rose. D'après Janet, il avait la colique. Le pauvre a eu quelques jours pénibles. Mais ça va mieux, pas vrai, mon chéri ?

Elle se pencha vers Declan et pressa un baiser dans ses cheveux. Une onde brûlante fusa dans les veines de Zac. Il se raidit comme elle reprenait le bébé. L'odeur de son shampooing étourdissait ses sens. Ou était-ce celle de sa peau ?

— Janet ? répéta-t-il avec humeur.

— Oui, la nourrice que je remplace. Au fait, l'opération de sa mère s'est bien passée, lui apprit-elle comme s'il était censé s'en réjouir personnellement.

— Comment le savez-vous ?

— Elle m'a envoyé un message tout à l'heure, répondit-elle en installant Declan dans son cosy.

— Je vois que vous êtes devenues les meilleures amies du monde.

Rose se redressa, consciente d'un regain de tension. Était-il toujours aussi mal luné le matin ? Ou seulement quand il dormait cassé en deux dans un fauteuil avec un bébé dans les bras ? Peut-être avait-il eu d'autres projets pour la nuit précédente ? Sous son regard perçant, son ventre se contracta. Elle détourna les yeux et s'affaira à essuyer la bouche de Declan en prenant plus de temps que nécessaire. Autant se rendre à l'évidence. S'il y avait de la tension, elle n'était pas dans l'air. Elle venait d'elle.

Zac lui plaisait. Quelle idiote ! Certes, il était capable de prévenance. Il l'avait prouvé en prenant soin d'elle et du bébé. Et il embrassait comme un dieu. Mais il restait cet homme que tout le monde disait froid et insensible. Il devait bien y avoir du vrai dans ce que les gens racontaient, non ? Elle se raccrochait désespérément à sa réputation de séducteur impénitent. Leur baiser dans le parking avait été un geste calculé. Un simple jeu pour lui. Elle aurait dû être outrée, pas émoustillée !

Peu importait ce que Zac lui faisait ressentir, décida-t-elle. Son attirance finirait par disparaître, comme sa migraine. Dire que ce baiser avait été son tout premier émoi sexuel... Si Zac l'apprenait, son orgueil n'y survivrait pas.

— Vos bagages sont-ils prêts ?

— Oui. Je n'ai pas déballé mes affaires hier soir.

— Nous passerons par chez vous sur le trajet de l'aéroport.

— Merci. Janet m'a dit que sa tante arrivait bientôt, ajouta-t-elle. Elle vient spécialement du Canada.

En quoi cela le concernait-il ? Zac mit un temps avant de comprendre : Rose supposait que l'autre nourrice reviendrait une fois la situation de sa mère arrangée. Il ne vit pas de raison de la corriger.

— Avez-vous emporté une tenue habillée ?

La jeune femme fronça les sourcils.

— Pour m'occuper d'un bébé ? Mon style ne semble pas déranger Declan.

Elle lui sourit en remuant le cosy. Declan se mit à battre des mains et des pieds, avec plus d'enthousiasme que de coordination.

— Peut-être aurez-vous envie de sortir pendant vos jours de repos, dit Zac. Il y a de très bons restaurants. S'il vous manque quoi que ce soit, vous l'achèterez sur place. Ne regardez pas à la dépense. J'ai fait mettre une carte de crédit à votre disposition.

Sur le coup, il y avait vu un excellent moyen de tester son honnêteté. À quel moment, au cours des dernières vingt-quatre heures, le test s'était-il transformé en simple solution pratique ? Zac n'aurait su dire quand exactement ses soupçons s'étaient évanouis pour de bon. Mais si Rose n'avait rien à lui prouver, Marco, lui, apprécierait ce gage de son intégrité.

Sauf si elle vidait son compte avant de disparaître dans la nature.

Rose se tourna vers Zac, appuyé nonchalamment contre le mur. Pour qui la prenait-il ? Une de ces femmes vénales qui se faisaient entretenir ?

— J'ai tout ce qu'il me faut, merci. Si j'ai besoin d'autre chose, je l'achèterai moi-même, répliqua-t-elle sèchement.

Avec un temps de retard, elle comprit son erreur. Zac ne parlait pas d'elle, mais du bébé. Mortifiée, elle tenta de se rattraper :

— Mais Declan aura sans doute besoin d'affaires. Habitez-vous loin de la ville ?

— Aphrodite, ma villa, est assez isolée, répondit Zac. Je tiens à mon intimité.

Rose n'y voyait aucun inconvénient. Elle était tellement excitée par son tout premier voyage ! Après réflexion, elle avait décidé de ne pas prévenir son père. Il était capable d'utiliser son appartement comme garçonnière. Ou pire encore, de débarquer en Grèce pour profiter de vacances aux frais de la princesse !

— L'isolement ne sera-t-il pas un problème si la villa doit devenir votre siège permanent ? s'enquit-elle.

— Pas avec Internet. Et je n'y serai pas sept jours sur sept.

— Je vois.

Le point positif était qu'elle pourrait se détendre. En sa présence, elle avait constamment l'impression de jouer les funambules, sans filet de sécurité.

— Athènes n'est qu'à trente minutes en hélicoptère et le vol vers Londres n'est pas long.

Bien sûr, un hélicoptère. Pourquoi n'y avait-elle pas pensé ? songea-t-elle avec ironie.

— Vous avez vraiment tout prévu.

Elle admirait son investissement, jusqu'à changer de vie pour le bien du bébé. Mais à son sens, passer du temps avec Declan était plus important qu'une démarche aussi radicale qu'il risquait de regretter. À moins que ce ne soit pas seulement pour le bébé ? Était-il à un stade de sa vie où un tel changement était ce qu'il souhaitait ? Peut-être qu'une femme exceptionnelle avait réussi à capturer son cœur et que déménager était la suite logique ? Elle imagina Zac sans son masque cynique, souriant avec adoration à l'élue de son cœur...

Sa poitrine se serra. Elle était envieuse. Pas vis-à-vis de la future Mme Adamos. Tomber sous le charme de Zac était une chose, vivre avec lui en était une autre. Dieu merci, cette épreuve lui serait épargnée. Non, ce qu'elle enviait, c'était l'idée de former une famille. Une *vraie* famille. Beaucoup ignoraient la chance qu'ils avaient. Grandir à la campagne, avec tout l'espace nécessaire pour s'épanouir, était un plus. Mais pas l'essentiel. Elle couva Declan d'un regard affectueux. Ce dont un enfant avait besoin, c'était d'une famille et de beaucoup d'amour.

Zac consulta son portable.

— Le chauffeur est là. Indiquez-lui votre adresse. On se rejoint à l'aéroport.

— Vous ne venez pas avec nous ?

Rose se mordit la lèvre. Pourquoi le ferait-il ? Elle n'avait aucune raison d'être déçue.

— Il me reste un ou deux détails à régler, dit-il. Je vous retrouve tout à l'heure...

Son regard se posa sur Declan.

— Tous les deux.

Après une hésitation, il caressa la joue du bébé. Ses yeux s'emplirent de tendresse. Rose, émue, observait la scène. Soudain, il parut se souvenir de sa présence et laissa retomber sa main d'un air embarrassé.

Rose n'avait jamais pris l'avion. Mais elle n'aurait sûrement pas bénéficié d'un service personnalisé dans un vol commercial. L'hôtesse était aux petits soins, attentive à ses moindres besoins. Au lieu de lui proposer un menu, elle lui demanda ce qu'elle désirait manger. À croire qu'il n'y avait rien que le chef à bord ne soit capable de préparer. Dépassée, Rose sollicita son avis.

— Le homard est excellent.

— Très bien. Je prends ça.

— Quel vin pour accompagner ?

— Oh ! pas de…

Après tout, pourquoi pas ? Ce n'était pas tous les jours qu'elle voyageait en jet privé. Autant en profiter. Un seul verre ne pouvait pas lui faire de mal.

— Je vous fais confiance.

Le homard était savoureux, fondant à souhait. Le vin exquis. Le seul point négatif était l'absence de Zac, qui tenait compagnie au pilote dans le cockpit. Le problème n'était pas qu'il ne soit pas avec elle, mais qu'il puisse surgir à tout instant, ce qui l'empêchait de se relaxer pleinement.

Elle attachait sa ceinture pour la descente lorsqu'il réapparut et se laissa choir dans le siège d'en face.

— Le vol a-t-il été agréable ?

— Très, bien que je n'aie aucun point de comparaison.

— Vous n'avez jamais pris l'avion avant ?

Il n'aurait pas eu l'air plus choqué si elle lui avait annoncé venir de Mars.

— Est-ce aussi votre premier voyage à l'étranger ? Votre père ne vous a jamais emmenée avec lui ?

— J'avais école et nous déménagions souvent à travers le pays. Quand il partait, j'étais assez grande pour me débrouiller seule, répondit-elle évasivement.

Que signifiait « assez grande » pour son père ? Zac soupçonnait Rose de ne pas tout lui dire. Il commençait à comprendre pourquoi Marco avait remis ce type à sa place. La même envie le démangeait aussi.

— C'est joli, remarqua-t-il en désignant la pierre d'ambre suspendue à une chaîne dorée autour de son cou.

— Oh... Merci.

Rose serra le pendentif au creux de sa main.

— C'est un cadeau d'anniversaire de mon père.

Combien de fois avait-elle raconté cette histoire ? Si souvent qu'elle finirait presque par y croire elle-même. Mais aujourd'hui était la fois de trop. Elle en avait assez de débiter ce mensonge pathétique. La vérité l'était tout autant. Mais au moins, c'était la vérité. Quel intérêt de continuer à sauver les apparences ? Elle n'était plus une gamine essayant d'être comme les autres enfants avec leurs fêtes d'anniversaires et leurs cadeaux. Jour après jour, elle les écoutait se plaindre de devoir rentrer tôt ou d'avoir été punis. Ils ne se rendaient pas compte que c'était parce que leurs parents se souciaient d'eux. Rose, elle, n'avait pas cette chance.

— Non, c'est faux. Je me le suis offert moi-même, rectifia-t-elle. Je l'ai vu sur un étal au marché et j'ai économisé. J'en payais une petite partie chaque semaine, jusqu'à pouvoir l'acheter. Plus tard, j'ai raconté que c'était un cadeau.

Zac garda le silence. Rose baissa la tête, les mains crispées sur ses genoux. Elle ne voulait pas savoir ce qu'il pensait. Encore moins affronter sa pitié. Les larmes lui montèrent aux yeux. Elle avait tellement honte de craquer devant lui ! Que lui avait-il pris de s'épancher ainsi ?

— Vous avez très bon goût.

Zac saisit le pendentif entre ses doigts comme si de rien n'était. Elle releva la tête. Elle s'était attendue à tout sauf à cette réaction.

— Est-ce victorien ?

— Je ne sais pas.

Il se pencha plus près. Rose résista à la tentation de plonger les doigts dans ses cheveux d'ébène. Étaient-ils aussi soyeux qu'ils en avaient l'air ?

— Je... je le trouvais juste joli.

L'attention de Zac était fixée sur le pendentif. Elle en profita pour se ressaisir et s'essuyer les yeux.

— Les pierres noires autour de l'ambre sont du jais, je dirais. Mais je ne suis pas expert en bijoux.

Non. Lui, il se contentait de présenter sa carte bleue. Ses cadeaux de rupture à ses ex étaient une véritable légende au sein de la société Adamos.

— Cette tâche-là aussi, vous la déléguez ? persifla-t-elle.

Il lâcha le pendentif et se redressa, un sourire amusé aux lèvres. *Tu imagines Requin Ténébreux riant de lui-même ?* Eh bien, maintenant, oui !

La réaction de Rose plut à Zac. Il préférait la voir ainsi plutôt que triste. Sa façon de raconter son histoire, avec simplicité, sans chercher à s'attirer sa compassion, l'avait profondément touché, comme personne d'autre n'avait su le faire.

— Quel coup bas. Moi qui vous montrais mon côté sensible... Tous les enfants devraient recevoir des cadeaux à leur anniversaire.

Un jour, elle rencontrerait un homme qui la comblerait et compenserait pour tous ces anniversaires perdus. C'était tout le mal qu'il lui souhaitait. Alors pourquoi l'imaginer avec un autre le dérangeait-il ?

— Vous en receviez, vous, des cadeaux ?

— Oui. J'en reçois toujours. J'ai beau répéter à mes sœurs que j'ai passé l'âge de fêter mon anniversaire, elles persistent à me rappeler que je vieillis, grogna Zac.

— Il n'y a pas d'âge pour fêter son anniversaire, le contredit la jeune femme. La loi devrait en faire un jour de congé pour tout le monde.

Il extirpa de sa poche la carte qu'il avait complètement oubliée jusque-là. Il la défroissa et la lui tendit.

— Oh ! c'est adorable ! Qui est... Carla ? déchiffra t elle au coin du crayonnage.

— Une de mes nièces.

— Quel âge a-t-elle ?

— Bonne question. Elle sait écrire, donc... cinq ans ou quelque chose comme ça ?

Elle rit comme s'il plaisantait.

— Vous vous moquez, mais vous avez gardé le dessin. C'est la preuve que ces attentions comptent pour vous.

Il n'était pas aussi insensible qu'il le donnait à croire, Rose en était convaincue. Son rire cynique la fit douter.

— Désolé de vous décevoir, mais j'ai simplement oublié de le jeter à la poubelle avec les autres.

Et il trouvait cela drôle ? Rose se rembrunit.

— J'espère que vous fêterez l'anniversaire de Declan, M. Adamos, répondit-elle avec réprobation.

— Appelez-moi Zac. Et, oui, c'est prévu. Si je ne lui organise pas une fête mémorable, ses parents sont capables de revenir me hanter.

Le cœur de Rose se serra. En quelques heures, elle s'était beaucoup attachée au bébé. Hélas, elle n'assisterait à aucun de ses anniversaires.

— Comment ses parents sont-ils...

Elle laissa sa question en suspens.

— Désolée. Vous n'avez sans doute pas envie d'en parler.

— Pour quoi faire ? Les gens aux funérailles déploraient cette « terrible tragédie ». En réalité, ils étaient tous soulagés de ne pas être à leur place.

— C'est une réaction naturelle.

— C'est de l'hypocrisie.

Ses poings se crispèrent. Rose devinait sa colère. Elle était d'avis qu'il ferait mieux de libérer ce qu'il avait sur le cœur.

— C'était un camion, raconta-t-il de but en blanc. Ils rentraient de l'hôpital. Emma voulait rester avec le bébé en soins intensifs néonatals. Mais le service était débordé et elle avait besoin de repos.

— Declan est né prématuré ?

Zac hocha la tête.

— Le camion a traversé le terre-plein central et les a heurtés de plein fouet. Ils sont morts sur le coup, d'après l'enquête. Est-ce censé être une consolation ?

Rose garda le silence, de peur d'interrompre le flot de confidences.

— Le chauffeur du camion a eu un infarctus au volant. Il a survécu.

— Pauvre homme, murmura-t-elle. Ce doit être terrible de vivre avec ça sur la conscience.

— Je ne partage pas votre vision philosophique. Dans les étapes du deuil, je reste bloqué à la colère.

Zac eut un rire amer. Cela semblait si simple, dans les livres. Une étape après l'autre, et vous étiez guéri. La réalité était tout autre.

— Je n'ai jamais perdu de proche. Mais je sais écouter, dit la jeune femme avec douceur.

L'offre tacite plana entre eux. Il n'y avait ni pression, ni obligation. Zac se braqua. À quel moment cette discussion s'était-elle transformée en séance de psychanalyse ? Il n'était pas là pour mettre son âme à nu, mais pour tenir sa promesse à Marco.

— J'en prends bonne note. Cependant, si j'ai besoin de parler, j'irai voir un professionnel.

Il vit qu'il l'avait blessée, mais refusa de se laisser adoucir. Si quelqu'un avait besoin d'une thérapie, c'était elle. Elle était beaucoup trop sensible. Le monde n'était pas tendre. Si elle n'apprenait pas à s'endurcir, elle allait se faire dévorer toute crue.

— Et vous ? Vos parents sont-ils en vie ? demanda-t-il pour reprendre le contrôle.

— Mon père, oui. Je vous l'ai déjà dit. Je n'ai pas de frères et sœurs.

— Et votre mère ?

— Elle est partie. Elle ne voulait pas de moi.

Les mots avaient échappé à Rose. Qu'est-ce qu'il lui prenait ? Jamais elle n'évoquait sa mère qui l'avait abandonnée quand elle était bébé.

— Ça ne fait pas de moi une victime, précisa-t-elle. Tout le monde n'a pas la fibre parentale. Enfin... je ne parlais pas de vous.

Zac la surprit en s'esclaffant. Mais son rire était dénué d'humour.

— Pourquoi ? Vous n'auriez pas tort.

Il haussa les épaules.

— Mais je suis tout ce qu'il reste à Declan. Espérons que je ne le déçoive pas.

Cette réponse le dévoila sous un jour nouveau. Il semblait toujours si impavide, comme si rien ne l'ébranlait. Découvrir qu'il se débattait avec les mêmes doutes que n'importe quel autre parent était... rassurant ? Émouvant aussi. Zac n'était pas homme à admettre facilement ses faiblesses.

— Tous les parents doivent se sentir un peu perdus, au début, assura-t-elle.

Une profonde lassitude envahit Zac. Il se frotta le front, s'attendant presque à y sentir des rides. Il avait l'impression d'avoir pris cent ans en quelques semaines.

— Liam et Emma ne sauront jamais ce que c'est.

Les yeux de Rose s'embuèrent. Était-ce le moment où elle lui servait une de ces platitudes mille fois rabâchées censées réconforter les gens en deuil ? « Le temps guérit les blessures » ou « ça finira par s'arranger »...

— La vie est injuste.

Sa tension s'évanouit, désamorcée par l'honnêteté de la jeune femme.

— Ce n'est pas moi qui vous contredirai. Au fait, nous avons atterri.

Elle fronça les sourcils et regarda par le hublot.

— Oh ! non ! J'ai tout raté ! s'exclama-t-elle.

Sa déception puérile fit sourire Zac. Ou peut-être était-ce lui qui était trop désabusé ?

— Il y aura d'autres vols.

— Mais ce ne sera pas pareil. La première fois est spéciale.

Il la vit devenir cramoisie.

— Elle devrait toujours l'être, susurra-t-il, les yeux dans les siens.

La sienne l'avait-elle été ? Instinctivement, il haïssait l'homme qui l'avait initiée au sexe. À trente-deux ans, Zac ne gardait qu'un souvenir confus de sa propre première fois. Il ne se rappelait même pas le visage de sa partenaire, un peu plus âgée que lui. Seulement son corps athlétique.

L'ouverture de la porte tira Rose de sa transe. Des braises couvaient entre ses reins. Que venait-il de se passer ? Elle détourna les yeux et se concentra sur Declan, qu'elle sangla contre elle dans une écharpe de portage. Plus pratique pour descendre les marches avec le sac à langer sur l'épaule.

Arthur les attendait sur le tarmac. Il la salua d'un signe de la main avant de rejoindre Zac, qui avait débarqué le premier et parlait avec un homme aux manières empressées, visiblement soucieux de se faire bien voir. Rose patientait en plein soleil. Quelle chaleur ! Inquiète pour Declan, elle sortit du sac un chapeau qu'elle plaça sur sa tête. Elle l'avait enduit de crème solaire avant de descendre de l'avion. Malgré cette précaution, elle était pressée de l'emmener à l'ombre. En attendant, elle fouilla dans son sac et en extirpa un petit éventail en plastique. Quand elle n'éventait pas le bébé, elle l'agitait au niveau de son visage pour se rafraîchir. Ses vêtements collaient à sa peau en sueur. Allait-ce encore être long ? Son excitation d'être en Grèce fondait comme neige au soleil. Rien ne ressemblait plus à un tarmac qu'un autre tarmac.

Enfin, Zac se décida à venir la chercher.

— Combien de temps dure le trajet ? s'enquit-elle.

— Une demi-heure. Et avant que vous ne demandiez, j'ai vérifié. Le bébé peut voyager en hélicoptère. Une autre première pour vous aussi, j'imagine ?

Rose pinça les lèvres. Comme si c'était du jamais-vu ! S'il trouvait cela bizarre, que penserait-il s'il savait qu'elle était vierge ? Il n'en aurait pas l'occasion. C'était une information qu'elle tendait à garder pour elle.

— Figurez-vous que la plupart des gens ne sont pas milliardaires et ne sont jamais montés dans un hélicoptère.

Sa repartie cinglante ne lui valut qu'un haussement de sourcil sardonique.

— Arthur va vous conduire à la villa. J'ai un rendez-vous à Athènes. Je vous rejoins demain.

Un prétexte de dernière minute, inventé de toutes pièces. Zac avait honte de l'admettre, mais il avait besoin de prendre ses distances avec Rose. Son attraction prenait toute la place. Elle sapait son objectivité et mettait sérieusement à mal son self-control.

Rose hocha la tête sans répondre. Comment s'appelait-il, ce « rendez-vous » qui l'obligeait à passer la nuit sur place ? Zac mélangeait-il les prénoms, parfois ? Elles se ressemblaient toutes tellement qu'elles en devenaient interchangeables. Rose ne les jalousait pas.

— Tout va bien ? demanda Arthur.

Elle s'aperçut qu'elle fixait le dos de Zac tandis qu'il s'éloignait, indifférent aux têtes se tournant sur son passage. Elle scotcha un sourire sur ses lèvres.

— Oui, très bien.

La froideur de Zac lui était complètement égale. Pourquoi s'en formaliserait-elle ?

— Puis-je porter quelque chose ? De préférence qui ne pleure pas.

Arthur se frotta la nuque d'un geste penaud.

— Je ne sais jamais quoi dire à un bébé.

Cet aveu candide amusa Rose.

— Ils sont plutôt bon public, vous savez.

Si tous les hommes admettaient aussi facilement leurs limites, la vie serait plus simple, songea-t-elle avec un exemple spécifique en tête. Elle remercia Arthur et lui tendit le sac à langer qui lui cisaillait l'épaule.

— Si ça ne vous dérange pas...

Contrairement à elle, Declan ne voyageait pas léger.

Dans le terminal, ses yeux cherchèrent la haute silhouette de Zac et ses cheveux noirs dépassant de la foule. Mais aucune trace de lui.

— Par ici.

Rose suivit Arthur. Elle crut surprendre un regard de commisération de sa part. *Encore une.* Était-ce ce qu'il se disait ? Combien avait-il vu de femmes s'éprendre de son patron, prêtes à tout pour ses faveurs ? Elle leva le menton. Eh bien, elle n'en faisait pas partie. Elle était ici pour le travail et s'en tiendrait à cela.

Le trajet en buggy jusqu'à l'héliport se passa sans incident. En quelques minutes, tout le monde fut installé à bord de l'hélicoptère. Mais alors que l'appareil s'apprêtait à décoller, le pilote se retourna et haussa la voix pour se faire entendre par-dessus le vacarme :

— Faites de la place. Nous avons un autre passager.

9

L'homme courait en direction de l'hélicoptère, penché en avant, ses cheveux sombres balayés par l'air brassé par les pales. La porte se rouvrit pour accueillir le passager-surprise, puis se ferma derrière lui, et l'hélicoptère décolla.

Rose se composa un visage neutre masquant son tumulte intérieur. Deux minutes plus tôt, elle se sentait calme et maîtresse d'elle-même. Il avait suffi que Zac réapparaisse pour que sa bulle éclate.

— Changement de plan.

Elle sourit, feignant la même désinvolture, avant de se tourner vers la vitre sans chercher à en savoir plus.

Sa voiture arrivait quand Zac s'était demandé à quoi il jouait. Il avait choisi de s'éloigner de Rose à cause de la tentation qu'elle représentait. Mais n'était-ce pas prendre la fuite ? Était-il à ce point incapable de se contrôler ? C'était indigne de lui. Il refusait d'admettre une telle faiblesse. Ce serait remettre en cause les fondations mêmes de sa vie !

Il avait renvoyé sa voiture. Assis à côté de Rose, il l'observait à la dérobée, en proie aux affres d'un désir lancinant. Si on lui avait dit qu'un jour, il se retrouverait dans cette situation, il ne l'aurait pas cru.

Rose avait placé la barre si haut dans sa tête qu'elle craignait d'être déçue. Mais la réalité surpassa toutes ses attentes. La Villa Aphrodite était un enchantement avec son toit d'argile, sa tour centrale et sa cour ombragée de pins et de cyprès. Nichée sur la falaise, elle surplombait une plage de sable blanc et la mer d'azur au-delà. Mais c'est lorsque l'hélicoptère amorça sa descente qu'elle put vraiment l'admirer dans toute sa splendeur. En partie en pierres dorées, en partie peinte en blanc, percée de fenêtres aux encadrements bleus typiques de Grèce, elle s'entourait de jardins luxuriants, en parfaite harmonie avec la nature environnante. Rose s'extasia en apercevant la piscine à débordement, comme suspendue dans l'air au cœur d'un écrin de verdure.

— Oh ! il y en a plusieurs !

Comme s'il ignorait combien de piscines ou de courts de tennis comptait sa propriété. Elle avait l'air d'une gamine qui découvrait le monde.

— Désolée, bredouilla-t-elle.

— Ne vous excusez pas. Moi aussi, j'étais excité quand je suis tombé sur cet endroit. C'était une ruine, mais il y avait quelque chose...

Il secoua la tête, un poing pressé sur son cœur, comme si aucun mot ne pouvait décrire son ressenti. Rose comprenait tout à fait.

— Alors vous l'avez restaurée ? C'est fabuleux, commenta-t-elle avec enthousiasme. Comment la maison a-t-elle fini dans cet état ?

L'endroit était idyllique. Difficile de s'expliquer son abandon.

Les compliments de Rose emplissaient Zac d'une absurde fierté. Pourquoi son approbation comptait-elle autant pour lui ?

— Une histoire de dispute familiale qui aurait perduré de génération en génération. Deux frères auraient hérité de la maison. L'un voulait vendre, l'autre non, et l'endroit a été déserté.

— C'est triste.

Parlait-elle de la maison vide ou de la querelle fraternelle ? Son émotion, en tout cas, semblait sincère. Elle surprit son regard et sourit. Son sourire aussi était sincère. Il n'y avait pas une once de malhonnêteté en elle. Cette enquête pour Marco lui apparaissait de plus en plus futile.

— Mais vous lui avez donné une seconde vie, dit-elle. C'est un vrai coin de paradis pour un enfant.

Elle regarda Declan avec tendresse. Le bébé avait dormi comme un loir durant tout le trajet.

— Quel ange... Sauf quand il a la colique, ajouta-t-elle en riant.

Personne n'osait rire à ses dépens. Zac était parfois tenté de proférer les pires inepties, juste pour voir si on continuait à louer son génie. Rose possédait une spontanéité rare. Elle ne cachait rien. Ou voyait-il seulement ce qu'il voulait bien voir ? Laissait-il son attraction altérer son jugement ? Marco attendait de lui un rapport objectif, pas un éloge béat.

— Vous vous imaginez grandir ici ? lança-t-elle, des étoiles dans les yeux.

Zac ne répondit pas. Sa contenance avait changé. Une fois de plus, c'était moins ce qu'il disait que ce qu'il ne disait pas qui dérangeait Rose. Elle soupira, exaspérée par ses brusques sautes d'humeur qui la maintenaient à cran. Peut-être était-ce aussi bien. Mieux valait éviter de baisser sa garde avec Zac.

L'hélicoptère se posa sans heurt sur une vaste étendue d'herbe. Un mur en pierre entourait la propriété, à laquelle on accédait par une haute grille en fer forgé.

— Les terres à l'extérieur du mur vous appartiennent-elles aussi ? questionna-t-elle.

Elle s'était pourtant promis de brider sa curiosité. Elle était une employée, pas une invitée. Mais sa fascination pour l'endroit l'emportait. Le contraste avec Londres n'aurait pu être plus frappant. L'appartement au luxe aseptisé n'apprenait rien sur son propriétaire, si ce n'est qu'il jouissait de ressources illimitées. Il ne reflétait rien de personnel, rien de *lui*. Ici, elle avait le sentiment de découvrir une autre facette de Zac Adamos.

Zac suivit la direction de son regard, une main en visière sur son front.

— Oui. Elles s'étendent jusqu'à la route publique, à environ deux kilomètres, et englobent la colline.

Rose écarquilla les yeux.

— Ce n'est pas une maison, c'est un véritable domaine !

Il haussa les épaules sans la contredire.

— La forêt couvre beaucoup d'hectares, ainsi que l'oliveraie. L'ancienne famille propriétaire a vendu de nombreux terrains au fil du temps. J'essaie de les racheter un par un. Le projet suit son cours.

— Vous produisez votre propre huile d'olive ?

L'idée charma Rose.

— Un peu trop pour ma consommation personnelle, répondit Zac en riant. Je fournis divers points de vente à travers le monde. Il existe un marché prospère pour les produits biologiques, de nos jours.

— J'imagine les fêtes de famille animées qui doivent avoir lieu ici...

De nouveau, elle sentit Zac se fermer. Ce qui ne fit qu'aiguiser sa curiosité.

— Oui. Elles me reviennent parfois aux oreilles.

Zac se rappelait comment ils l'avaient tous cru fou quand il s'était lancé dans son projet de rénovation. Ils étaient bien contents, aujourd'hui, d'avoir un endroit où se réunir pour les vacances.

La jeune femme fronça les sourcils.

— Comment ça ? Vous n'y participez pas ?

— Je suis très occupé. C'est notre lot, à nous autres Requins Ténébreux.

Il eut mauvaise conscience en la voyant pâlir. Mais sa pique eut l'effet escompté : couper court à ses questions.

— Alors vous avez entendu ?

— Je n'ai rien contre le fait qu'on me trouve ténébreux.

Son sourire railleur excéda Rose. Il prenait vraiment un malin plaisir à la mettre dans l'embarras !

— Ça ne m'étonne pas, marmonna-t-elle dans sa barbe.

L'arrivée d'Arthur mit fin à leur échange. Tant mieux, ou ses mots auraient dépassé sa pensée.

Sur la terre ferme, elle inspira à plein poumons l'air pur de la campagne. Un air qui embaumait... Quelle était cette fragrance ?

— Thym, menthe et romarin, énuméra Zac, lisant dans ses pensées. Ces plantes poussent en abondance par ici. Vous sentez l'air marin et le parfum des cyprès ?

— C'est le paradis des sens !

Rose était émerveillée. Elle se retourna en entendant une portière claquer.

— Nos bagages, expliqua Zac. Il y a de la place dans la jeep, si vous voulez.

— Non, merci. Je préfère marcher. J'ai besoin de me dégourdir les jambes.

Zac hésita. Elle portait le bébé dans une sorte d'écharpe. Declan était réveillé à présent, parfaitement heureux. Qui ne le serait pas, blotti contre ses seins ?

— La pente est plutôt raide. Laissez-moi prendre le bébé.

La jeune femme ouvrit des yeux ronds, avant de se fendre d'un sourire approbateur. Il ne cherchait pas à marquer des points. C'était logique qu'il s'habitue à s'occuper de Declan.

— Merci. L'écharpe est très facile à utiliser. Il suffit d'ajuster la taille et...

— Non.

Il avait ses limites.

— Je m'en passerai. Vous me faites confiance ?

— Naturellement, assura-t-elle en dénouant l'écharpe.

Avec précautions, elle libéra Declan et le transféra dans ses bras.

— Vous êtes son…

Elle se mordit la lèvre.

— Allez-vous l'adopter ?

— C'est une option. Quand bien même, Liam sera toujours son père.

— Bien sûr. Mais un enfant a besoin d'une figure paternelle. Votre père a beau être décédé, il reste votre père.

Zac faillit lui jeter la vérité à la figure. Lui avouer qu'il ne demandait pas mieux que d'oublier son père. Qu'il vivait dans la terreur que se tapissent dans son ADN les vices de son géniteur. Qu'il n'avait d'autre choix que d'être constamment dans le contrôle, et que ce contrôle s'effritait à chaque seconde qu'il passait avec elle. Elle érodait ses défenses comme nul autre avant elle. Des défenses érigées non pour se protéger lui-même, mais pour protéger les personnes auxquelles il tenait.

Il se domina *in extremis*.

— Je sais.

Rose sentit qu'elle avait touché un point sensible. Ils se mirent en marche en silence. Zac était ailleurs et son langage corporel décourageait toute conversation. Le chemin était effectivement escarpé. Le souffle manquait à Rose. Elle était d'autant plus contente que Zac porte le bébé.

Ils franchirent la grille, ouverte sur une cour pavée agrémentée de fontaines gazouillantes et de parterres de fleurs multicolores. La mer leur faisait face, visible au-delà d'une arche en pierre encadrant une vue spectaculaire sur des jardins dégringolant vers la plage et des eaux bleues se fondant avec le ciel. Rose poussa un soupir émerveillé.

— Qui aurait envie de partir d'ici ?

D'ordinaire, l'humeur de Zac s'allégeait dès qu'il passait la grille. Mais aujourd'hui, la magie n'avait pas opéré. Son fardeau invisible continuait à peser sur ses épaules alors qu'il traversait la cour, Declan dans les bras. C'est l'excitation de Rose qui le fit se sentir plus léger. Sa fébrilité était contagieuse. Elle vivait pleinement dans l'instant présent. Une qualité rare qu'il lui enviait.

— C'est immense ! s'exclama-t-elle en tournant sur elle-même. Avez-vous agrandi la maison d'origine ?

— Difficile à dire. L'endroit était en ruine et il n'y a aucune archive. Les habitants d'ici semblent penser que la maison que j'ai restaurée se dressait sur le site d'une ancienne villa encore plus grandiose. Les jardins aménagés, que nous avons mis au jour par hasard, appartenaient peut-être à cette première demeure. Ils sont plutôt sophistiqués pour une simple ferme oléicole.

— Vous avez recréé les jardins ?

Ce qu'en avait vu Rose l'avait éblouie.

— J'ai essayé autant que possible de conserver les caractéristiques d'origine en réutilisant les matériaux sur place. Il y a d'excellents artisans dans la région. Ils ont fait preuve d'un savoir-faire et d'une ingéniosité remarquables.

Rose hocha la tête. Elle avait hâte de visiter l'intérieur.

— Venez, la pressa Zac. Allons nous mettre à l'ombre.

Declan ! Elle s'en voulut de sa négligence. Toute à l'ivresse de la découverte, elle en avait oublié le bébé.

— D... désolée, bégaya-t-elle.

Zac fronça les sourcils.

— De quoi ?

— J'aurais dû penser à Declan. Sa peau a besoin d'être protégée.

— Il est couvert de la tête aux pieds. C'est à la vôtre que je pensais.

Constamment. Caresser sa peau laiteuse, l'explorer de ses lèvres, la sentir s'embraser sous la sienne... Cela tournait à l'obsession. Les images dans sa tête échauffèrent ses sens. Il dut prendre un moment avant de continuer :

— Les roux ont la peau particulièrement sensible au soleil. Vous devriez porter un chapeau.

— Oui, vous avez raison. J'ai assez de taches de rousseur comme ça.

Elle fit la grimace en s'effleurant le nez.

— C'est joli, les taches de rousseur.

Rose se défendit d'être flattée. Il disait cela pour être poli. S'il le pensait, pourquoi aucune des femmes avec qui il sortait n'en avait ?

Elle le suivit vers l'entrée. Où qu'elle regarde, il y avait quelque chose à admirer. La piscine à débordement sous la terrasse incitait à y plonger, rivalisant avec la mer et ses eaux turquoise miroitant au soleil. La maison elle-même formait un U autour de là où ils se tenaient. D'autres arches taillées dans la pierre laissaient entrevoir une série de cours intérieures. Alors qu'ils tournaient dans un couloir, Zac fit volte-face. Absorbée par ce qui l'entourait, elle faillit rentrer dans le bébé sur son torse. Elle recula, transpercée par son regard d'ébène.

— Votre bégaiement aussi est charmant.

10

Rose se figea, prise de court par ce compliment surgi de nulle part, comme prononcé à contrecœur. Se moquait-il d'elle ? Il n'y avait aucune trace d'humour sur son visage, mais rien de séducteur non plus dans sa mâchoire serrée et sa mine orageuse. Aussi brusquement qu'il s'était arrêté, il tourna les talons.

Rose lui emboîta le pas, déroutée par ce qui venait de se passer. Plusieurs portes donnaient sur le couloir, qu'égayait du romarin en fleur dans de grands pots en terre cuite. Zac avait retrouvé sa contenance habituelle et lui décrivait l'agencement des lieux. Ou était-ce la décoration ? Rose peinait à garder le fil tandis qu'il racontait comment la poutre au-dessus de leurs têtes provenait d'un très vieil arbre du domaine frappé par la foudre.

Votre bégaiement aussi est charmant.

Ces mots tournaient en boucle dans sa tête, à tel point qu'elle mit quelques secondes à réaliser que Zac avait cessé de parler.

— C'est magnifique, commenta-t-elle.

Elle le pensait. Le bois sombre des poutres apparentes contrastait avec le parquet chaulé et les pierres blanchies à la chaux, conférant une ambiance chaleureuse à cet intérieur plein de charme, renforcée par le mobilier rustique et les toiles colorées aux murs.

— Mais avez-vous compris la disposition générale ? demanda

Zac avec une note d'impatience. Ce n'est pas compliqué si vous gardez en tête que...

— Oui, oui. Tout est mémorisé.

Plutôt mourir qu'admettre qu'elle n'avait pas écouté un traître mot de ses explications. Ni remarqué la jeune fille brune qui les avait rejoints.

— Bien. Camille va vous montrer votre chambre, ainsi que la nursery. Elle s'occupera de Declan pendant le dîner.

Rose sourit à Camille.

— Merci. Mais je préfère dîner dans ma chambre et rester avec Declan.

— Camille est parfaitement capable de veiller sur le bébé. Nous avons de la chance qu'elle accepte de vous seconder pendant ses vacances universitaires.

L'étudiante sourit, sans perdre ses moyens, elle, simplement parce que Zac lui adressait un compliment.

— J'adore les bébés, tant que je les rends après, plaisanta-t-elle.

Son anglais était irréprochable.

— Camille a six jeunes frères et sœurs, expliqua Zac. Elle ne manque pas d'expérience avec les enfants. Elle sera là pour vous aider la plupart du temps. Si vous ne vous entendez pas avec la gouvernante, gardez-le pour vous. Camille est sa nièce.

Il ajouta quelque chose en grec qui fit rire la jeune fille.

— Des questions ?

— N... non, aucune.

Protester davantage serait impoli. Rose fit bonne figure. Peut-être y avait-il encore une chance pour qu'elle dîne seule ?

— Je peux le prendre ? demanda l'étudiante en désignant Declan.

Rose accepta volontiers. Ce n'était pas qu'elle redoutait d'approcher Zac, mais si elle pouvait l'éviter... Maintenir une distance de sécurité était une précaution indispensable face à un tel concentré de masculinité. De là où elle se tenait, elle observa le transfert. L'expression de Zac s'adoucit comme il souriait au bébé. Son cœur enfla dans sa poitrine. Simple réaction hormonale, se raisonna-t-elle. Un phénomène purement physique. C'était regrettable que ce soit Zac qui ait éveillé sa féminité dormante. Mais cela aurait pu être n'importe qui. Pourquoi laisser cette attirance intempestive gâcher son séjour en Grèce ? Si elle voulait en profiter sereinement, elle avait besoin d'une nouvelle stratégie de défense. Nier son attirance pour Zac n'avait pas fonctionné. Mais ce n'était pas une raison pour y chercher une signification profonde.

Les orties piquaient et provoquaient des éruptions cutanées, alors elle n'y touchait pas. Il lui suffisait de faire pareil avec Zac. C'était aussi simple que cela.

Rose soupira. Si seulement... Les orties n'avaient pas une voix profonde caressant sa peau tel du velours, ni une bouche qui... *Ça suffit.* Cette comparaison était totalement stupide.

— Coucou, Declan. Il est adorable ! s'exclama Camille. Viens, allons voir ta chambre.

Rose accompagna l'étudiante. Pas besoin de se retourner pour savoir que Zac la suivait des yeux. Ce picotement sur sa nuque était devenu un symptôme familier.

La nursery était remarquablement bien équipée pour une pièce aménagée quasi du jour au lendemain. Des vêtements soigneusement pliés remplissaient chaque tiroir et la salle de jeu débordait de jouets en tous genres. Une kitchenette complétait l'espace, avec une bouteille de vin au réfrigérateur. À son attention, sans doute. Cadeau de bienvenue ou mise à l'épreuve de son professionnalisme ?

Elle quitta Camille pour découvrir sa propre suite. La chambre était superbe avec son plancher sombre et son mobilier en chêne blanchi. Rien à voir avec tout ce qu'elle avait connu enfant. Pas de meubles produits en série, mais des pièces de facture unique reflétant le temps et le savoir-faire consacrés à leur fabrication. Elle s'approcha de la porte-fenêtre, enchantée par le balconnet surplombant directement la piscine à débordement aperçue plus tôt. Et elle n'avait encore rien vu. La salle de bains la laissa sans voix avec sa douche ultramoderne aux multiples fonctions high-tech. Un peu intimidée, elle lui préféra la baignoire îlot en cuivre face à une large baie vitrée, invitant à se relaxer en contemplant la mer. Rose était tentée. Mais elle n'était pas là en vacances, aussi se hâta-t-elle de regagner la nursery.

Elle trouva Camille fredonnant une berceuse à Declan, à demi assoupi dans ses bras. L'étudiante sourit et pressa un index sur ses lèvres.

— Il est déjà changé, chuchota-t-elle. Voulez-vous que je le couche ?

Rose acquiesça. Elle se sentait un peu de trop face à l'efficacité de Camille. Une odeur du café flottait dans l'air. Elle la suivit jusqu'à la kitchenette et se servit une tasse, puis attendit que la jeune fille revienne, perchée sur un des tabourets du bar. Elle n'eut pas longtemps à attendre.

— Il s'est endormi tout de suite, dit Camille.

— Merci, répondit Rose. Pour le café aussi.

— C'est à moi de vous remercier. Si je n'étais pas là, je devrais m'occuper de mes frères, des jumeaux de onze ans. Vous m'avez sauvée.

— Où étudiez-vous ?

— À Athènes, en troisième année de mathématiques. Ce travail tombe à pic. J'ai été acceptée en master à l'Imperial College de Londres. C'est grâce à M. Adamos que j'ai la possibilité d'y aller.

— Vraiment ?

— Enfin, pas M. Adamos personnellement. La Fondation Adamos octroie des bourses aux étudiants prometteurs issus de milieux modestes. Comme moi, conclut Camille avec un large sourire.

— C'est fantastique, la félicita Rose. Il faudra venir me voir quand vous serez là-bas.

— Vous vivez à Londres ? Je suis jalouse !

— Vous vivez ici. C'est moi qui suis jalouse !

Elles rirent en chœur. Au moment de s'en aller, Camille promit de revenir pour 19 heures 30. L'heure à laquelle le dîner était servi, lui apprit-elle.

L'étudiante réapparut à 18 h 30 avec son ordinateur portable et une pile de manuels. Rose était encore en peignoir en train de se sécher les cheveux.

— Je suis en retard ! s'exclama-t-elle.

— C'est moi qui suis en avance, assura Camille. J'arrive toujours plus tôt. Je peux faire quelque chose ?

— Non. Declan a eu son bain et son biberon. Je l'ai mis au lit. Il est calme pour l'instant, mais il a souffert de coliques récemment. S'il y a le moindre problème, venez me trouver...

— Oui, oui, promis. Allez dîner tranquille. Mais d'abord, habillez-vous.

Rose s'esclaffa et fila dans sa chambre. Choisir sa tenue était un jeu d'enfant : elle n'en avait que deux. Sa robe en coton était encore toute froissée, même après avoir été suspendue à un cintre dans la salle de bains. Elle aurait sans doute pu demander un fer à repasser. Mais peu importait, l'autre option ferait l'affaire. Le pantalon noir évasé n'avait pas souffert du voyage. Elle le portait souvent avec des T-shirts blancs en journée. Pour une occasion plus habillée, il faisait très élégant avec son haut noir sans manches au V profond dans le dos.

Mais lorsqu'elle l'enfila, problème. Visiblement, elle avait maigri depuis la dernière fois qu'elle l'avait porté. Il lui tombait sur les hanches sans couvrir sa taille. Et bien sûr, elle n'avait pas de ceinture. Même si elle en avait une, le pantalon était dépourvu de passants. Qu'à cela ne tienne, le haut cacherait ce souci. Là encore, pas de chance : il s'arrêtait juste à hauteur du pantalon, dévoilant son ventre chaque fois qu'elle bougeait. Rien de très osé en soi. Mais ce soir, ce détail la dérangeait.

Rose poussa un soupir résigné. Tant pis. Elle n'y pouvait rien. Elle enfila ses mules à talons, qui la grandissaient de plusieurs centimètres, et vérifia son maquillage dans le miroir. Après réflexion, elle ajouta un soupçon de mascara et de fard à paupières, ainsi qu'une seconde couche de gloss. Pas le temps de dompter ses cheveux. Elle pencha la tête et se les brossa aux doigts, avant de les rejeter en arrière. Elle ne voulait pas avoir l'air d'en faire trop.

Son reflet dans la glace la rassura sur ce point. *Aucun risque*, pensa-t-elle en riant. D'ailleurs, en faire trop pour qui ? Il y avait de bonnes chances pour qu'elle dîne seule, et elle agissait comme si elle avait rendez-vous avec Zac. Papillons dans le ventre compris. Mais il n'avait pas non plus dit qu'il ne se joindrait pas à elle.

Elle fit un détour par la nursery. Declan dormait à poings fermés, son petit visage éclairé par la veilleuse sur la commode. Rose résista à l'envie de le prendre dans ses bras. À quoi bon le réveiller ? Elle songea à toutes les nourrices à travers les générations qui avaient pris soin des enfants des autres, les avaient aimés, avaient parfois été le seul parent qu'ils avaient connu, avant d'être congédiées dès que l'enfant n'avait plus besoin d'elles. Sa poitrine se serra. Elle ne s'occupait de Declan que depuis la veille, mais elle savait déjà que les adieux seraient déchirants. Toutes les mères aimaient immédiatement leur enfant. Les parents adoptifs aussi, même s'ils ne l'avaient pas mis au monde. Comme si la vulnérabilité d'un enfant déclenchait automatiquement le plus farouche instinct protecteur.

Rose quitta la chambre sans bruit et passa voir Camille, assise devant son ordinateur dans la kitchenette, ses manuels étalés sur le bar.

— Waouh ! Vous êtes magnifique ! s'exclama-t-elle en la voyant.

Rose sourit.

— Vous savez où je suis en cas de besoin.

Contrairement à elle. Par où était la salle à manger ? L'étudiante dut lire dans ses pensées, car elle arracha une page de son bloc-notes, griffonna dessus à la va-vite et la lui tendit.

— Ça devrait vous aider, le temps que vous trouviez vos marques.

Rose étudia le plan simplifié de la villa avec gratitude.

— « Vous êtes ici » indique la nursery, et « bingo » là où vous devez aller.

— Merci. Je n'ai aucun sens de l'orientation, confessa Rose. Une fois, j'ai passé une demi-heure à chercher un magasin dans un centre commercial, puis une heure à retrouver la sortie. J'avais trop honte pour demander la direction.

Camille pouffa.

— À plus tard. Et prenez votre temps. J'ai de quoi m'occuper.

Rose suivit les indications du plan, tout en cherchant des repères pour se rappeler le chemin. Lorsqu'elle arriva à la porte « bingo », elle la trouva entrouverte. Elle prit une grande inspiration, frappa et entra.

— Bonsoir...

Personne. Rose ne savait si elle était soulagée ou désappointée. La porte-fenêtre s'ouvrait sur une terrasse, où une table avait été dressée pour deux. Des bougies attendaient d'être allumées dans des chandeliers rustiques de tailles et matériaux différents, certains en verre, d'autres en bois. L'effet était ravissant, quoiqu'un peu trop intime pour sa tranquillité d'esprit. Une bouteille de champagne reposait dans un seau à glace. Une chance que le bouchon fût intact ou elle aurait pu être tentée. De quoi aurait-elle l'air, à boire de l'alcool alors qu'elle était en charge d'un bébé ?

Elle se promena à travers la pièce, admirant les touches artistiques çà et là, élégantes et originales. Difficile de croire que l'homme qui vivait là était le même que celui habitant cet appartement froid et sans âme à Londres. Deux décorateurs d'intérieur différents ? L'explication était sans doute aussi simple que cela.

Un bruit la fit tressaillir. Elle se retourna, le cœur battant.

— Bonsoir, lança Arthur depuis le seuil.

Rose ravala sa déception et s'obligea à sourire.

— Bonsoir. Dînons-nous ensemble ?

La suggestion parut le déconcerter.

— Pardon ? Oh ! non. Le patron m'envoie vous dire qu'il est retenu par une conférence vidéo. Il s'excuse et vous invite à commencer sans lui.

— Je n'étais pas sûre qu'il se joigne à moi.

Mais la possibilité était ce qui l'avait incitée à se maquiller. Elle jeta un regard vers la table vide.

— Commencer quoi ?

— Ah, oui, bien sûr...

Arthur s'avança vers un large meuble et appuya sur un bouton. Les panneaux formant la surface s'écartèrent, révélant un bar à nourriture rempli d'une généreuse sélection de plats tous plus appétissants les uns que les autres.

— Le patron a des horaires de travail décalés. Ses heures de repas le sont aussi. Il lui arrive même d'oublier de manger. Il a fait installer ce bar pour que le personnel n'ait pas à l'attendre. Il s'est dit que vous apprécieriez le côté informel. C'est votre premier soir et le voyage a été long.

Rose reçut ces informations en silence. Arthur la dévisagea avec l'air de jauger sa réaction.

— Servez-vous. Faites comme chez vous.

— Comptez sur moi, répondit-elle avec un enthousiasme feint.

Arthur parti, elle soupira. Au moins, elle avait ce qu'elle voulait. Un dîner tranquille, sans Zac pour la mettre mal à l'aise. Et pourtant... Elle sentait entre eux une inexplicable connexion. Face à lui, elle avait l'impression de se regarder dans un miroir et voir tout ce qu'elle gardait enfoui en elle. Tout ce qu'elle n'osait s'avouer à elle-même.

Ce constat la troubla. Elle s'approcha du bar et passa en revue les plats. Gaspacho, poulet en sauce au délicieux fumet... Tout avait l'air succulent. Sans entrain, elle se servit un bol de soupe et alla s'asseoir à table. Son appétit s'était envolé. Son regard tomba sur la bouteille de champagne. Après tout, pourquoi pas ? Un verre, pas plus.

Le bouchon se montra plus récalcitrant que prévu. Elle se débattit avec pendant une bonne minute. Soudain, il sauta d'un coup comme... Comme le bouchon d'une bouteille secouée dans tous les sens. La nappe blanche absorba l'essentiel du champagne. Mais il en coula également par terre et elle aussi fut éclaboussée. Rose eut un fou rire nerveux. Heureusement que personne n'était là pour assister à sa petite crise de nerfs. Toute cette préparation fébrile, l'effort vestimentaire, le maquillage, les papillons dans le ventre... Mon Dieu, ce qu'elle pouvait être stupide ! Elle porta la bouteille à ses lèvres et avala les quelques gouttes restant au fond.

Tout cela parce que Zac trouvait son bégaiement charmant.

11

Camille manifesta sa surprise de la voir rentrer si tôt.

— Je n'avais pas faim.

L'étudiante retroussa le nez.

— D'où vient cette odeur ?

— C'est moi. Un accident de champagne.

Rose tira sur son haut poisseux. Camille eut un regard compatissant.

— J'en déduis que vous n'avez pas passé une très bonne soirée ?

— Pas très, non.

— Je peux faire quelque chose ? Voulez-vous un café ?

Rose secoua la tête.

— Non merci, c'est gentil. J'ai juste hâte de me changer. Comment ça s'est passé avec Declan ?

— Sans problème. Il s'est réveillé peu après votre départ. Je l'ai pris dans mes bras un moment et il s'est vite rendormi.

Camille partie, Rose se dirigea vers sa chambre, pressée de prendre une douche. En chemin, elle s'arrêta voir Declan. Son cœur se gonfla de tendresse pour le petit. Comment sa propre mère avait-elle pu l'abandonner ? Si on ne pouvait pas compter sur ses parents, sur qui le pouvait-on ? Voilà pourquoi elle ne faisait confiance à personne. Tant pis si elle finissait vieille fille avec son chat. C'était toujours mieux que d'être rejetée.

— Tes parents ne t'auraient jamais abandonné, murmura-t-elle. Ton papa et ta maman t'aimaient plus que tout. Et ton nouveau papa t'aime aussi.

Tous les enfants avaient besoin de savoir qu'ils étaient aimés et désirés.

Alors qu'elle gagnait sa chambre, on frappa à la porte. Sans doute Camille qui avait oublié quelque chose. Contenant son impatience, elle alla ouvrir.

Son regard remonta lentement jusqu'au visage de son visiteur. Une vague de chaleur la submergea. Comment faisait-il cela ? Sa simple présence affolait ses sens et paralysait son cerveau.

Zac la sentit aussitôt. L'odeur d'alcool. Alors la méfiance de Marco était fondée. Il y avait bien eu certains signes. La bouteille presque vide chez elle, le verre de vin dans l'avion... Il était en colère, mais avait aussi pitié de la jeune femme. Même s'il était difficile de compatir pour quelqu'un qui gâchait consciemment sa vie. Il avait connu des personnes qui avaient touché le fond après avoir tout perdu, mais avaient su remonter la pente.

— Camille est-elle là ?

Rose fit non de la tête.

— Je ferais mieux d'entrer, dit Zac, la mine sombre.

Elle leva le menton.

— Je ne vois pas pourquoi.

— Écoutez, ce que vous faites de votre vie ne me regarde pas. Sauf quand vous êtes en charge d'un enfant.

— Pardon ?

Elle planta les poings sur ses hanches, abasourdie.

— De quoi parlez-vous ?

— Inutile de nier. Vous empestez d'ici !

— J'empeste ?

La lumière se fit dans son esprit.

— Vous pensez que j'ai bu ?

Elle avait le culot de jouer les offensées ? Zac secoua la tête.

Qu'allait-il dire à Marco ? Devait-il lui en parler ? Le fait même qu'il se pose la question le dérouta. Couvrir une alcoolique n'était pas lui rendre service. Pourquoi son premier réflexe était-il de protéger une femme qu'il connaissait à peine, au détriment de sa loyauté envers son meilleur ami ?

— Il existe des structures pour vous aider. Le premier pas est de reconnaître que vous avez un problème.

La jeune femme darda sur lui un regard assassin.

— Oh ! j'ai bien un problème. Il se tient juste devant moi, siffla-t-elle. Vous pensez que je me soûlerais pendant que je m'occupe d'un bébé ? C'est vous qui laissez du vin dans le frigo d'une nursery ! Pour qui me prenez-vous ? Vous êtes vraiment la pire personne que je connaisse !

Zac réfréna tant bien que mal sa colère.

— N'inversez pas les rôles. J'ai vu la bouteille vide. Vous sentez l'alcool à plein nez !

— Évidemment que je sens l'alcool ! Le bouchon de la bouteille a sauté quand j'ai tenté de l'ouvrir. Je me suis fait asperger de champagne ! J'allais justement prendre une douche, si vous voulez tout savoir.

— Vous...

Pour la première fois, il remarqua le haut trempé qui collait à sa poitrine. Et soulignait le relief des tétons pointant en dessous. Il soupira de soulagement.

Rose, elle, fulminait. Il en fallait plus pour la calmer.

— Comment osez-vous me croire capable d'une chose pareille ? Vous n'avez qu'à me faire souffler dans le ballon, tant que vous y êtes !

— Je n'en ai pas sur moi.

— Alors sentez par vous-même.

Sans réfléchir, elle agrippa sa veste et se hissa sur la pointe des pieds pour souffler sous son nez. Leurs regards se happèrent. Un frisson électrique la traversa.

Bon sang, à quoi joues-tu ?

Dans un sursaut de bon sens, elle lâcha sa veste. Mais impossible de reculer. Un bras ferme autour de sa taille la maintenait captive.

Zac lui leva le menton, les yeux chevillés aux siens.

— J'ai besoin d'une preuve plus concluante.

— Q... que suggérez-vous ? bredouilla-t-elle, la respiration hachée.

— Si je vous embrassais pour être sûr ?

Son intonation caressante signa sa perte. Trop tard pour faire marche arrière. Ses jambes ne la soutenaient plus. Leurs souffles se mêlèrent comme la langue de Zac s'insinuait entre ses lèvres. S'ensuivit un langoureux ballet, prélude à une irrépressible réaction en chaîne. Une main sur ses seins lui arracha un gémissement. Zac en profita pour lui mordiller la lèvre, avant de reculer le visage.

— Vous me croyez, maintenant ?

Rose ne reconnaissait pas sa propre voix. Ni cette audace qui l'habitait. Pour la première fois, elle voulait lâcher prise. Ne plus rien contrôler. Ce n'était pas ainsi que les choses étaient censées se passer. Zac n'était pas son âme sœur. Il n'était pas cette personne à part à qui elle confierait sa vie et son cœur. Mais en le regardant, elle sut que c'était lui qu'elle voulait. Elle en avait assez d'attendre, à l'abri dans sa bulle stérile.

— Vous alliez prendre une douche ? susurra Zac.

Elle opina.

— Bonne idée. Vous savez que j'ai envie de vous, n'est-ce pas ?

Rose déglutit.

— Oui.

— Votre peau a le goût du champagne...

Il fit courir sa langue le long de sa mâchoire.

— Mais je préférerais qu'elle ait le goût de la mienne.

Le pouvoir évocateur de ses mots la plongea dans un tourbillon de désir.

— Moi aussi.

Elle semblait si légère lorsqu'il la souleva dans ses bras. Si fragile et délicate. Mais la détermination avec laquelle elle déboutonna sa chemise excita Zac. Surtout quand sa main se faufila en dessous, sur son torse nu, poisseux de champagne lui aussi.

La salle de bains n'était qu'à quelques mètres, mais ils pantelaient tous les deux lorsqu'il posa la jeune femme à terre.

Rose surprit son reflet dans le miroir. Celui d'une étrangère avec ses joues fiévreuses et ses pupilles dilatées. Elle avait l'impression de s'être glissée dans la peau d'une autre personne, à l'opposé de qui elle était.

— Vous tremblez.

En effet. De petites secousses partaient du cœur de sa féminité et se répercutaient à travers son corps. Zac entoura son visage de ses mains.

— Je sens le feu en vous.

C'était lui qui l'avait allumé. Elle se consumait tout entière pour lui.

La reddition de Rose scella celle de Zac. Son désir était plus fort que la raison. Plus fort que sa loyauté envers Marco ou toute autre considération. Il avait envie d'elle, maintenant.

— Vous n'avez plus besoin de ça.

D'un geste leste, il tira sur l'ourlet de son haut.

Rose n'aurait jamais cru possible de vouloir autant quelqu'un. C'était donc cela, la force du désir charnel ? Docile, elle leva les bras et Zac lui retira son haut collant qu'il jeta de côté. Mais elle dégrafa elle-même son soutien-gorge, presque avec défi. Ses seins jaillirent à l'air libre. Étrangement, elle n'éprouvait aucune gêne. Au contraire, elle ne s'était jamais sentie aussi sexy, comme si Zac avait libéré un pouvoir en elle qu'elle ignorait posséder. Qu'un homme comme lui la désire était terriblement grisant.

Ses yeux sombres dévoraient ses seins nus.

— Sublimes, souffla-t-il avec révérence.

Il moula l'un d'eux dans sa paume tout en l'embrassant sauvagement. Son pouce taquinait le mamelon dressé, puis sa bouche prit le relais. Rose gémissait de plaisir. Elle se cramponnait si fort à lui que c'est tout juste si elle ne lui déchira pas sa chemise. Il ne s'arrêta que pour s'agenouiller devant elle, en laissant une main errer sur son ventre pendant que l'autre déboutonnait son pantalon. Lentement, il le fit glisser le long de ses cuisses. Elle lui donnait le pouvoir de lui briser le cœur. Elle prenait le risque en toute connaissance de cause. Peut-être le regretterait-elle un jour. Mais elle le regretterait encore plus si elle reculait maintenant.

Zac commença à se déshabiller. Son souffle se suspendit. Il s'était relevé et arrachait ses vêtements avec un empressement qu'elle partageait. Elle avait hâte de se perdre en lui. Hâte d'oublier dans la passion toutes ces peurs qui la freinaient depuis toujours. Sa chemise et son pantalon jonchaient le sol. Il ne portait plus que son boxer, qui soulignait plus qu'il ne cachait son imposante érection.

Leurs bouches s'unirent de nouveau. Rose plongea une main dans ses cheveux, les seins écrasés contre le duvet rugueux de son torse. Son autre main explorait, ses épaules musclées, son large dos, sa taille étroite. Leurs langues se livraient le plus impétueux des duels. Toute aux sensations qui l'assaillaient, elle ne sentit pas Zac la porter jusqu'à la douche. Le jet d'eau chaude la prit par surprise. En un éclair, il la débarrassa de sa petite culotte, et elle en fit autant avec son boxer.

Leurs peaux nues ruisselaient l'une contre l'autre. L'expérience était d'un érotisme inouï. Rose se sentait plus féminine que jamais entre les bras puissants de Zac. La pression de son érection contre son ventre lui prouvait combien elle était désirée. Elle se frotta lascivement contre lui et son propre désir explosa. Elle aimait cette facette licencieuse d'elle-même. C'était si libérateur !

Zac semblait apprécier aussi. Un sourire suggestif incurva ses lèvres. C'est là qu'elle vit le savon dans sa main. Comment était-il arrivé là ? Avec un frisson d'anticipation, elle s'appuya contre la paroi dans une pose de total abandon. Il se mit à lui savonner les seins avec volupté, réservant une attention particulière à leurs pointes douloureusement tendues. Ses caresses la rendaient folle. Puis il tomba à genoux devant elle. Sa barbe de trois jours frottait contre l'intérieur sensible de ses cuisses. Rose dérivait dans un brouillard sensuel qui infiltrait chaque cellule de son corps...

Et soudain, plus rien.

— Hé ! protesta-t-elle en rouvrant les yeux.

Zac réapparut avec un préservatif.

— Tu ne cours aucun risque avec moi.

Il parlait de sexe. Mais ses mots la frappèrent par la vérité plus profonde qu'ils exprimaient. Le fait est qu'elle se sentait en sécurité avec lui. Une sécurité qu'il ne lui offrait pas à long terme. Elle coupa court à ces réflexions. Et alors ? Cela ne l'empêchait pas de savourer ce qu'ils vivaient maintenant. Pour les regrets, elle verrait plus tard.

Un éclat de braise dans les yeux, il lui cloua les poignets à la paroi et se plaqua contre elle. Devait-elle lui avouer que c'était sa première fois ? Et prendre le risque qu'il change d'avis ? Non, le moment était passé. Avec lui, elle irait jusqu'au bout. Les mains sur ses fesses, il la hissa contre lui.

— Enroule tes jambes autour de moi, commanda-t-il.

Elle s'exécuta. Son sexe palpitait, dur comme le roc contre le sien. Elle se mit à onduler, mue par un instinct vieux comme le monde. Elle voulait qu'il sache à quel point elle le désirait. Dans un râle, Zac répondit à l'invitation et plongea en elle.

Seigneur. Rose renversa la tête en arrière, perdue entre plaisir et douleur alors que ses muscles s'étiraient pour l'accueillir. La panique la submergea. Et si elle s'y prenait mal ?

— Je... je ne sais pas...

Incapable de parler, elle planta les dents dans l'épaule de Zac.

Zac poussa un grognement. Il avait été étonné de la sentir si étroite. Alors elle était vierge ? Être le premier amant de ses partenaires ne l'avait jamais intéressé. Mais c'était différent avec Rose. Une tendresse possessive s'empara de lui.

— Détends-toi. Il n'y a aucune règle. Laisse-toi aller.

— C'est... Tu es incroyable !

Rose suivit son conseil. Elle roulait des hanches pour l'aspirer plus profondément en elle et décupler les sensations. Les mots qu'il lui susurrait à l'oreille n'avaient pas besoin de traduction. Elle se délectait de son corps musclé contre le sien. De son souffle chaud sur sa peau. Il l'entraînait vers des sommets de plaisir toujours plus haut, encore et encore. La délivrance était là, toute proche et pourtant inaccessible. Puis son rythme s'accéléra, imprimant à leur étreinte un crescendo étourdissant. L'extase l'emporta dans une déflagration si intense qu'elle se raccrocha à lui de peur de s'éparpiller aux confins de l'univers.

D'un ultime coup de reins, Zac l'accompagna, et elle cria son nom comme ils s'envolaient ensemble dans une parfaite symbiose.

Rose avait l'impression de flotter. Sans s'en apercevoir, elle avait glissé contre la paroi. Zac l'enlaçait toujours, à genoux au sol. Ils restèrent ainsi sous le jet d'eau, jusqu'à ce que leur respiration revienne à la normale.

— Mon Dieu, c'était...

Elle avait envie de rire et pleurer en même temps. Elle enfouit le visage dans le creux de son cou.

— Oui, dit Zac. Le sexe était incroyable.

Rose se raidit. Avait-elle imaginé l'accent mis sur le mot « sexe » ? Comme pour lui rappeler que ce n'était que cela. Du sexe et rien d'autre. Si seulement. Zac avait peut-être assouvi un simple désir physique. Rose, elle, avait fait l'amour.

Il lui briserait le cœur, c'était inévitable. Mais pourquoi anticiper un moment qui arriverait bien assez tôt ? Autant profiter de ce qu'ils avaient tant que cela durait. Elle se dégagea d'entre ses bras et tenta de se lever. Mais ses jambes refusaient de la porter. Sans doute le contrecoup du chamboulement qu'elle venait de vivre.

— Tout va bien ?

Zac se redressa, une main tendue pour l'aider tandis que l'autre fermait le robinet d'eau. Elle l'accepta et se leva à son tour, un bras plaqué sur sa poitrine. *Un peu tard pour jouer les pudiques.*

— Que veux-tu ? Tu me fais défaillir.

Sa plaisanterie sonnait creux. Le mieux serait de se taire.

— Je n'avais jamais… Je ne l'avais jamais fait sous la douche.

Dieu merci, elle se mordit la langue avant de lui demander si c'était une première pour lui aussi.

— Je m'en doute, répondit Zac. Tu aurais pu me prévenir, tu ne crois pas ?

Alors il savait. Elle ignorait comment répondre à la question sous-jacente, alors elle garda le silence. Peut-être préférait-il éviter le sujet, lui aussi, car il n'insista pas, se contentant de l'envelopper dans une large serviette.

— Merci.

Ce geste avait quelque chose d'étrangement intime, presque plus que le sexe. Sa gorge se noua. Elle s'était dénudée devant lui sans éprouver la moindre gêne. Mais la douceur avec laquelle il l'essuyait l'emplissait d'une soudaine timidité. Cela n'avait aucun sens.

Zac, de son côté, ne semblait pas pressé de se couvrir. Il n'avait aucune inhibition. Rose n'y trouvait rien à redire. Il était vraiment à se damner, songea-t-elle en le suivant des yeux alors qu'il attrapait une autre serviette et la nouait autour de sa taille. Elle poussa un soupir admiratif. Chaque ligne, chaque relief de son corps sculpté contribuait à sa perfection. Une avalanche d'émotions confuses l'assaillit. Qu'est-ce qui lui arrivait ? Elle réfléchissait trop. Elle devrait prendre exemple sur Zac et son détachement. Ce n'était que du sexe. Fabuleux, mais sans conséquence.

Sauf que pour elle, c'était plus que cela. L'intensité de ce qu'elle avait ressenti l'effrayait. Mais elle s'interdisait d'y penser. La nouvelle Rose prenait les choses comme elles venaient. Elle vivait dans l'instant présent. Et là, tout de suite, elle avait un homme beau comme un dieu sous la main, nu sous sa serviette.

— Si nous reprenions dans la chambre ?

Mon Dieu, est-ce qu'elle avait vraiment dit cela ?

— En as-tu envie ? demanda Zac.

— Oui. S'il te plaît.

S'il te plaît ? Sérieusement, Rose ?

— Avec plaisir.

Zac voulait plus. Leur étreinte sous la douche n'avait fait qu'aiguiser sa soif d'elle au lieu de l'étancher. Il lui prit la main et l'attira à lui, puis la porta jusqu'à la chambre. Son corps doux et humide contre le sien ranima instantanément ses ardeurs. Il avait rompu sa promesse à Marco. Mais si c'était à refaire, il recommencerait sans hésiter. Il désirait Rose depuis le premier instant. D'un désir viscéral défiant toute logique.

Entre eux, ce ne pouvait qu'être explosif, mais *Theos* ! Elle l'avait époustouflé ! Et elle était venue à lui vierge. Cette révélation aurait dû l'horrifier, pas l'emplir d'une satisfaction possessive. Il avait érigé une forteresse autour de ses émotions qui l'isolait des autres, pour sa sécurité autant que la leur. Mais Rose, sans le savoir, la mettait en état de siège. En quelques heures, elle avait ouvert de sérieuses brèches. Assez pour qu'il envisage de capituler.

Rose tremblait d'anticipation, allongée sur le lit, Zac au-dessus d'elle.

— Je croyais que tu ne sortais jamais avec tes employées ?

Zac s'empara de sa bouche.

— C'est le cas. Mais tu n'es pas une employée. Tu es... Rose.

— Je suis différente ?

Ou une solution de facilité ? La nourrice à domicile, disponible vingt-quatre heures sur vingt-quatre. Elle ne voulait pas savoir. Elle voulait juste être avec lui.

— J'ai envie de toi, Rose. Tu me rends fou.

Il tira le drap sur eux tandis que ses lèvres erraient partout sur elle. Elle gémit comme elles descendaient vers son bas-ventre.

— Ah !

Il leva la tête.

— Tu n'aimes pas ?

— Si ! Beaucoup. J'aime...

Toi, c'est toi que j'aime. Les mots défendus dansèrent dans sa tête. Elle ferma les yeux en sentant la brûlure de sa bouche sur elle.

— J'aime tout ce que tu me fais.

Sa voix chevrotait. Elle défaillait littéralement de plaisir.

À son tour, il la laissa explorer son corps à loisir, encourageant sa curiosité. Rose ne se fit pas prier. C'était excitant de le sentir se contenir sous les assauts de sa langue. Soudain, il inversa leurs positions et l'embrassa avec fougue en plaquant ses poignets contre le matelas.

— Si tu savais les fantasmes que tu m'inspires, confessa-t-il.

Ces mots allumèrent un brasier en elle.

— Allons-y en douceur, d'accord ?

Rose le laissa promener un index le long de sa joue. Lorsqu'il traça sa lèvre inférieure, elle le captura entre ses dents, avant de saisir la main de Zac et presser sa paume contre ses lèvres. Zac reprit sa bouche. Ses baisers langoureux mettaient ses sens ébullition. Elle sut, alors, qu'elle le voulait corps et âme. La férocité de son désir lui faisait peur. Était-ce normal de désirer quelqu'un à ce point ?

— Tu es magnifique, souffla-t-elle dans un accès d'émotion.

Elle caressa ses pectoraux saillants et ses abdominaux ciselés. Elle aimait les sillons et méplats sous ses doigts, la texture de sa peau... *Elle aimait Zac.* Ridicule. Ce n'était que du sexe ! Sa main s'aventura plus bas et se referma sur son érection. Le souffle de Zac se raccourcit.

Ce n'était pas seulement ses caresses qui mettaient Zac au supplice. C'était la flamme incandescente dans ses yeux d'ambre. Son désir sans réserve qui réchauffait son cœur gelé à lui faire mal.

— En douceur, Rose, prononça-t-il contre ses lèvres. Je veux que ce soit spécial pour toi.

Il lui devait bien cela. C'était nouveau pour elle. Mais peut-être l'était-ce pour lui aussi. Jamais il n'avait déployé autant de patience et de tendresse. Le plus étonnant était qu'il aimait cela.

— C'est toi qui es spécial, Zac.

Rose se cambra en sentant sa main s'immiscer entre ses cuisses. Zac était la virilité incarnée. Le mâle alpha par excellence auquel sa féminité réagissait d'instinct. Tant pis pour sa fierté. Elle se tortillait sous ses caresses expertes, chavirée par cette exquise torture. Pour finir, ce fut elle qui, incapable de tenir plus longtemps, le guida entre ses jambes. Elle le voulait sur elle et *en* elle. Ses puissants va-et-vient la firent basculer dans un état second. Plus rien n'existait qu'elle et lui, et leurs plaintes haletantes qui se répondaient, jusqu'au feu d'artifice final.

Elle retomba dans les bras de Zac, envahie par une douce léthargie.

— Ça me plaît d'y aller en douceur...

Zac la serra contre lui. Sa respiration ne tarda pas à devenir lente et régulière. Il contempla son visage paisible. Où était passée la Rose débridée qui rivalisait avec lui dans la passion ? Rose endormie paraissait si fragile et sans défense. Mais c'était faux. La femme à qui il avait fait l'amour était forte et indomptable.

Combien d'autres facettes d'elle lui étaient encore inconnues ?

Elle ne resterait pas assez longtemps pour qu'il le découvre. Ce qu'ils partageaient était une parenthèse. Elle ne faisait que passer dans sa vie.

En temps normal, il serait retourné dans sa chambre. Mais une fois n'est pas coutume, il éteignit la lumière et resserra son étreinte, le visage enfoui dans ses cheveux.

12

Zac se réveilla au milieu de la nuit. L'esprit embrumé, il tendit le bras par réflexe. Le lit était vide. D'un bond, il fut debout. Il renfilait son boxer quand un bruit lui parvint de la nursery. Pas des pleurs, plus une sorte de babillement.

Il trouva la porte de la chambre du bébé ouverte. Une veilleuse rotative diffusait une lumière douce en projetant des ombres d'animaux sur les murs. Rose, debout au milieu de la pièce, fredonnait une berceuse à Declan dans ses bras. Elle leva la tête en percevant sa présence. Sa surprise passée, elle posa un index sur ses lèvres, avant de recoucher le bébé dans son berceau et tirer la couverture sur son menton.

Zac observait la scène en silence, étreint par une vive émotion. *Ce n'est que du sexe*, se rappela-t-il. *Rien de plus.*

— J'aime ton parfum, lança-t-il à voix basse.

La confusion de Rose se comprenait. Lui-même ne s'expliquait pas pourquoi il avait dit cela. Il avait l'air d'un adolescent maladroit exprimant la première idiotie qui lui passait par la tête.

— Je ne porte pas de parfum, chuchota-t-elle.

Elle se retourna afin de s'assurer que Declan dormait toujours. Zac sortit dans le couloir et s'efforça de s'éclaircir les idées. La jeune femme le rejoignit peu après, en ayant soin de laisser la porte entrouverte.

— Désolée. Je ne voulais pas te déranger, murmura-t-elle.

Le déranger ? Si elle savait. Même la chemise de nuit à manches longues qu'elle avait enfilée l'émoustillait. Chemise de nuit qu'il devinait translucide sous certains éclairages...

— Tu aurais dû me réveiller.

Rose n'en avait pas eu le cœur. En ouvrant les yeux aux côtés de Zac, elle avait cru être encore en train de rêver. Alors elle avait voulu s'assurer qu'il était bien réel. L'embrasser n'était peut-être pas strictement nécessaire. Mais c'était trop tentant.

— Qu'est-ce qui te fait sourire ? demanda Zac. Au fait, très jolie chemise de nuit. Très sage.

— L'habit ne fait pas le moine, riposta Rose avec espièglerie.

— Voyez-vous ça.

Il couvrit sa bouche de la sienne. Elle avait beau avoir deviné ses intentions, le contact l'électrisa. Elle entrouvrit les lèvres et leur baiser gagna en profondeur.

— Tu vérifies si j'ai fini la bouteille de vin dans le frigo ? le provoqua-t-elle.

— Quelle insolence.

Rose se prit au jeu.

— Peut-être devrais-tu m'apprendre les bonnes manières ?

— Ça tombe bien. Je suis un excellent professeur, qui sait exactement comment s'y prendre avec les jolies effrontées.

Elle se hissa sur la pointe des pieds et noua les bras autour de son cou.

— Je suis effrontée, moi ?

— Oui. Et j'adore ça.

Il lança un regard vers la nursery.

— Aucun risque que Declan se réveille, pas vrai ?

— Avec les bébés, il y a toujours un risque.

— Alors ne perdons pas de temps.

Joignant le geste à la parole, il lui prit la main et la ramena dans sa chambre.

Quelques heures plus tard, ils s'abandonnaient dans les bras l'un de l'autre, repus de plaisir.

— C'est vrai que tu es un bon professeur, murmura Rose.

Elle l'embrassa dans le cou avant de se blottir contre lui, la tête sur son torse.

— J'espère que Declan terminera sa nuit...

Lorsqu'elle se réveilla au matin, le bébé dormait encore. Zac, lui, n'était plus là.

Le ton était donné pour les dix jours suivants. Zac passait la nuit avec elle, mais s'éclipsait avant qu'elle se lève. La journée, elle s'occupait de Declan pendant qu'il s'enfermait dans son bureau. Du moins, au début. De plus en plus souvent, il interrompait son travail et surgissait à l'improviste pour passer une heure ou deux avec eux. Rose admirait ses efforts pour se lier avec l'enfant. La veille, Declan avait dormi tout le temps où il était là. Quand elle s'en était excusée, il l'avait regardée d'une drôle de façon...

Lisait-il dans ses pensées ? Elle espérait que non, car elles dérivaient souvent là où elles ne devraient pas, ces derniers temps. Ce n'était pas *cela*, former une famille, devait-elle sans cesse se raisonner. Une famille, c'était pour la vie. Alors que ce qu'ils partageaient...

Combien de temps leur restait-il ?

Si elle aimait s'occuper de Declan, elle attendait chaque nuit avec impatience, consumée de désir. Elle ne vivait que pour le moment où Zac la rejoignait dans son lit. Jusqu'au jour où il ne viendrait plus. C'était inéluctable. Comment le vivrait-elle ? Parfois, elle se disait que ce serait plus facile s'ils en restaient là. Plus leur liaison durait, plus la séparation serait un déchirement. Alors que s'il se lassait maintenant...

Non, elle souffrirait quoi qu'il arrive. Elle ne pouvait s'en prendre qu'à elle-même. Elle savait à quoi s'attendre en s'impliquant avec lui. Elle était loin d'être la première femme à s'éprendre de Zac Adamos.

Dans le secret de son cœur, Rose enviait celle pour qui ce serait réciproque.

Aucune apparition de Zac, aujourd'hui. C'était dans ces moments que Rose réalisait à quel point elle était devenue accro à ses visites. Profitant de la présence de Camille, elle descendit à la plage. Le sable était doux et chaud sous ses pieds nus. C'était agréable de marcher le long du rivage, ses chaussures à la main. Parfois, elle entrait dans l'eau à la rencontre d'une vague, puis s'enfuyait en courant avant qu'elle ne la rattrape.

— Pourquoi ne pas te baigner ?

Son cœur fit un triple salto. Distraite, elle se retourna. Une vague lui heurta les jambes par-derrière et l'éclaboussa. Elle était trempée jusqu'à la taille !

Zac s'esclaffa dans son costume impeccable. Il devait sortir d'une visioconférence. Il n'y avait qu'au lit qu'ils étaient égaux. En dehors, il restait le patron.

— T'arrive-t-il de prendre des vacances ? lança-t-elle.

Pour toute réponse, il sourit et ôta sa veste, qu'il jeta sur son épaule avec désinvolture. Les papillons dans son ventre se réveillèrent.

— Que dirais-tu de prendre cette leçon de natation ?

— Je te l'ai déjà dit. Ça ne m'intéresse pas, pesta-t-elle.

— Tu ne me fais pas confiance ? Je ne suis pas assez bon professeur ?

Rose ignora le défi dans ses yeux. Il traitait le sujet comme une plaisanterie. Mais pour elle, ce n'en était pas une.

— Si, j'ai confiance en toi.

Elle le pensait, ce qui ne laissait pas de l'étonner.

— Alors quel est le problème ?

À quoi bon s'en cacher ?

— J'ai peur, c'est tout.

Sa franchise parut le déstabiliser. C'était rare de le voir ainsi.

— Tu es en sécurité avec moi, promis.

— Ce n'est pas la question, s'agaça Rose.

Il ne comprenait rien à rien. Alors elle lui expliqua.

— Quand j'avais neuf ans, mon père m'a jetée dans une rivière. La meilleure façon d'apprendre à nager, selon lui. Je n'ai pas seulement bu la tasse. J'ai coulé et bien failli me noyer. Les médecins ont dit que le froid avait ralenti mes fonctions vitales. C'est ce qui m'a épargné des dommages cérébraux, bien que je sois restée un moment privée d'oxygène. Alors barboter me suffit, si ça ne te dérange pas.

— Je suis désolé.

Zac vit rouge. Elle avait failli mourir à cause de l'inconscience de l'homme censé la protéger ! Il imagina un monde sans Rose... Non, c'était tout bonnement inconcevable.

Zac paraissait si choqué que Rose regrettait d'avoir ramené cette vieille histoire sur le tapis. Elle n'en avait jamais parlé à personne. Elle détestait se poser en victime. C'était la spécialité de son père pour éviter d'admettre ses torts.

— Mon père n'a jamais reconnu m'avoir mise en danger. Ça l'aurait obligé à assumer sa responsabilité. Ce n'est pas son fort.

Pris en faute, il inversait systématiquement les rôles.

Zac fronça les sourcils. Rose semblait ne nourrir aucune illusion sur son père. Elle savait quel genre d'hommes il était et n'avait rien en commun avec lui. Un avis qu'il aurait relayé à Marco si ce dernier n'avait pas eu d'autres préoccupations plus pressantes. « Désolé. On se rappelle. Kate est en train d'accoucher », l'avait-il informé au téléphone d'une voix stressée.

— Au fil des années, mon père a édulcoré les faits pour en faire une histoire drôle, continua Rose. J'aurais sauté dans l'eau moi-même et fait une montagne d'un rien. Ça me rend malade. Pouvons-nous parler d'autre chose ?

Elle changea abruptement de sujet.

— As-tu consulté tes messages ? Il y en a un de ton beau-père...

Zut. Maintenant, elle avait l'air de l'espionner.

— La porte de ton bureau était ouverte et le répondeur s'est déclenché, se justifia-t-elle. J'ai entendu malgré moi.

Zac ne parut pas s'offenser de son indiscrétion.

— Je l'ai eu plus tard sur mon portable. Il a bien mentionné avoir essayé sur le fixe.

— Une fête de famille ? C'est une merveilleuse idée.

Dans trois semaines. Où serait-elle, alors ?

Elle chassa cette pensée. Elle était censée vivre dans l'instant présent. Le problème était qu'elle aurait voulu que l'instant présent dure toujours.

— Ce sera l'occasion pour Declan de rencontrer ses cousins, ajouta-t-elle avec enthousiasme.

— Je ne serai pas libre.

La moue réprobatrice de la jeune femme dirigea l'attention de Zac sur sa bouche pulpeuse. Bouche qui n'avait pas quitté ses pensées de la journée. Il n'était bon à rien au travail, en ce moment. Aucune femme ne l'avait jamais distrait de cette façon. Peut-être parce qu'il n'avait jamais désiré aucune femme comme il désirait Rose.

— Oh. Je croyais que tu voulais présenter Declan à ta famille... Désolée. Ce ne sont pas mes affaires.

Rose perçut le changement d'humeur chez Zac. Il était clair qu'il ne souhaitait pas en parler. Mais c'en était trop pour elle. Certaines choses avaient besoin d'être dites.

— Tu ne te rends pas compte de ta chance ! s'écria-t-elle. Tu as une famille qui t'aime et veut faire partie de ta vie, et tu la repousses !

Le choc se peignit sur les traits de Zac.

— Si c'est ton choix, tant pis pour toi. Mais pense à Declan. Ne mérite-t-il pas d'avoir une famille ?

Zac serra la mâchoire.

— Aucun enfant ne devrait grandir dans la solitude.

Sa colère retomba aussi vite qu'elle était venue.

— Est-ce ce qui t'est arrivé, Rose ?

Elle fuit son regard et eut un haussement d'épaules qui voulait dire, *c'est sans importance*. Une attitude qu'il encourageait, d'habitude. Maintenir une distance émotionnelle. Rester à l'écart de la vie des autres. C'était ainsi qu'il se protégeait et protégeait ses proches. Mais l'obstination de Rose à rester forte le touchait. Il avait envie d'être là pour elle. De partager sa peine et la réconforter.

— On peut se sentir seul dans une pièce remplie de gens, murmura-t-elle.

Zac se reconnaissait dans ces mots. Lui aussi s'était souvent senti seul au milieu de sa joyeuse et bruyante famille. Raison pour laquelle il l'évitait le plus possible.

— Tu n'as pas répondu à ma question.

Rose poussa un soupir. Évidemment, Zac n'allait pas en rester là.

— D'accord. Peut-être, admit-elle. Mais c'est le cas de beaucoup d'enfants uniques. Avec mon père, nous déménagions souvent. C'était difficile de me faire de nouveaux amis.

Zac s'approcha. Rose lutta contre la tentation de se réfugier dans la sécurité illusoire qu'offraient ses bras.

Mais était-ce vraiment une illusion ? Lorsqu'il lui avait demandé si elle lui faisait confiance, elle avait répondu oui sans hésiter. Comme elle n'avait pas hésité une seconde à devenir sa maîtresse. Les sentiments qu'il faisait naître en elle allaient de soi, eux aussi. Ils n'existaient que parce qu'elle avait une confiance absolue en lui.

— Je sais que certaines blessures sont invisibles...

— J'ignore de quoi tu parles.

Il encadra son visage de ses mains, les yeux plantés dans les siens.

— Est-ce pour ça que je suis ton premier amant ?

Rose battit des cils. Était-elle donc si transparente ? Elle dissimula son trouble derrière un rire creux.

— Ce n'est pas parce que je voulais rester pure pour mon prince charmant.

Son rire mourut sur ses lèvres devant le sérieux de Zac. Elle recula et ses mains retombèrent. Leur chaleur lui manquait déjà.

— D'accord. Mon père est un expert en affabulation. Alors peut-être ai-je du mal à faire confiance, concéda-t-elle.

Zac lut entre les lignes. Ce qu'elle voulait dire, c'était qu'elle avait confiance en *lui*. Un comble puisqu'il lui mentait depuis le début, même si seulement par omission. La culpabilité lui tordit l'estomac. Il avait beau essayer de se justifier, rien n'excusait son comportement. Pas même le fait d'avoir agi par amitié. Marco, il en était certain, désapprouverait la méthode qu'il avait choisie pour satisfaire sa requête. Zac était un égoïste qui privilégiait toujours la solution servant ses intérêts. Il pourrait continuer à se taire et garder Rose dans son lit. Il n'aurait eu aucun scrupule, avant.

Mais Rose méritait de savoir qu'elle avait une jumelle. Ni lui, ni Marco n'avaient le droit de se dresser entre les deux sœurs. Sa décision était prise. Il lui en parlerait avant de revenir vers Marco. Il lui devait bien cela. Plus vite cette mascarade prendrait fin, mieux ce serait pour tout le monde.

Quant à son compte rendu à Marco... Il était vide. Il n'y avait rien à rapporter. Rose était la sincérité même. C'est pourquoi il voulait lui faire un ultime cadeau. Kate s'était élevée au rang de princesse. Rose avait grandi dans la pauvreté. Elle méritait de goûter au luxe dont jouissait sa sœur. Demain, il exaucerait ce vœu pour elle, avant la grande révélation.

Zac redoutait sa réaction. Il y avait de bonnes chances pour qu'elle plie bagage. Sans doute était-ce mieux ainsi. Peut-être emporterait-elle sa mauvaise conscience avec elle. Que perdrait-il ? Quelques jours supplémentaires de sexe fabuleux ? Quelques semaines au mieux ? Il se connaissait assez pour savoir que la flamme entre eux se serait éteinte d'elle-même. Pas de quoi la priver de la famille dont elle rêvait.

— J'organise une réception, lui annonça-t-il. J'aimerais que tu sois là.

La jeune femme demeura interdite.

— Moi ? Arthur est bien plus qualifié que moi dans ce domaine. Je serais capable de mélanger les manteaux des invités...

— Tu m'as mal compris. Je ne t'assigne pas au vestiaire. Nous recevrons les invités ensemble en tant qu'hôtes. J'ai demandé à Arthur de déposer une sélection de robes de soirées dans notre chambre. J'espère que tu y trouveras ton bonheur.

— *Notre* chambre ?

— D'accord. Ta chambre.

Il devança les protestations de Rose.

— Et inutile de me dire que tu ne peux pas accepter ou que tu as tout ce qu'il te faut.

— Ne parle pas à ma place, maugréa-t-elle.

— Tu sais que j'ai raison. Tu n'as aucune tenue adéquate pour une soirée mondaine. Considère la robe que tu choisiras comme entrant dans tes frais professionnels.

— Parce que ce n'est qu'un travail ?

Rose regretta ces mots à la seconde où ils franchirent ses lèvres. Son dépit n'avait aucune raison d'être.

— Qui parle à la place de qui ? repartit Zac, moqueur. J'ignore pourquoi tu prends la mouche, Rose. Ce n'est pas la nourrice de Declan que j'invite à cette réception, mais la femme sublime qui partage mon lit. Me feras-tu cet honneur ? C'est une soirée intime, une quinzaine de couples tout au plus. Elle devait avoir lieu à Londres, mais la situation a changé.

Autrement dit, il avait une partenaire à Londres et Rose était sa remplaçante, faute de mieux. Charmant.

— Que devrai-je faire ? s'enquit-elle.

— Déguster des canapés, boire du champagne, faire la conversation et sourire. Rien de très contraignant.

Sauf quand on était une catastrophe ambulante. Elle n'avait jamais contredit son père sur ce point. Elle s'en voulait de s'être lâchement laissé rabaisser. Cette soirée était sa chance de lui prouver qu'il avait tort. Ou plutôt, de se le prouver à elle-même. Tant pis s'il n'était pas là pour le voir. Soudain, il devenait vital pour elle de traiter ce mal qui lui empoisonnait la vie depuis si longtemps.

Zac nota le défi dans les yeux de Rose. Dans son menton levé. Qu'est-ce qui avait motivé ce changement ? À vrai dire, cela ne le regardait pas. Bientôt, elle ferait partie de la famille royale de Renzoi. Elle aurait enfin l'amour et la sécurité dont elle avait toujours rêvé. Elle aurait tout gagné. Mais les vrais gagnants seraient ceux qui auraient Rose dans leur vie.

— Très bien. C'est d'accord, dit-elle. À condition que je paie pour tout ce que je porterai. Tu... tu n'auras qu'à le déduire de mon salaire.

Zac ne voyait pas l'intérêt de préciser qu'il lui faudrait plus d'un salaire pour rembourser ne serait-ce qu'un seul des articles en question.

— Entendu. Je te transmettrai la facture.

— Parfait.

— Excellent.

Jamais il n'avait dû déployer autant d'efforts pour convaincre une femme d'être sa partenaire. Mais Rose en valait la peine. Il serait si tentant de bâillonner sa conscience et la garder auprès de lui, juste un peu plus longtemps...

— Qu'attends-tu de moi à cette réception ?

— Rien de particulier. Fais en sorte que les invités se sentent à l'aise.

— Comment ?

— Les gens adorent parler d'eux. Écoute-les en feignant l'intérêt et surtout...

Zac hésita. Il donnait rarement ce conseil. Mais rares étaient les personnes qui possédaient le charme naturel de Rose, son sourire et son intelligence. Le fait qu'elle n'ait pas conscience de son pouvoir le rendait d'autant plus irrésistible.

— Sois toi-même, Rose.

13

Rose se dirigeait vers la bibliothèque où l'attendait Zac. Elle était soulagée de savoir que les invités ne séjourneraient pas à la villa. D'après Arthur, ils effectuaient simplement l'aller-retour en hélicoptère depuis Athènes. Les louanges de Camille sur sa tenue l'avaient également rassurée. Elle avait choisi un fourreau de soie vert fendu haut sur la jambe, avec de fines bretelles et un col bénitier suggérant la poitrine sans la dévoiler. Quant au collier d'émeraudes à son cou, il devait valoir une fortune. Les autres femmes étaient-elles nerveuses de se promener avec de tels trésors sur elle ? Au moins, en ce qui la concernait, ce n'était que pour un soir.

Elle fit une pause devant la porte de la bibliothèque. Elle n'était pas là pour Zac, ni même pour son père. Elle n'avait rien à prouver à personne. Elle faisait cela pour *elle*. Inspirant profondément, elle entra sans frapper.

Zac, debout devant la fenêtre, se retourna. Il était à tomber en smoking noir épousant son physique d'athlète. Son corps réagit au quart de tour. Rose s'efforça de n'en rien laisser paraître.

Zac avait tenu à voir Rose dans le genre de tenues qu'elle méritait de porter. Le résultat était spectaculaire. La robe verte dessinait subtilement ses courbes et les émeraudes mettaient en valeur sa gorge délicate. Le chignon lâche sur la nuque apportait la touche finale à ce style chic et élégant.

Il lui devait la vérité. Mais la vérité les séparerait. Zac était tiraillé. Qu'il parle ou qu'il se taise, elle le détesterait de toute façon.

— Tu es magnifique.

Sa voix sonnait guindée, tant la culpabilité le rongeait. Elle seule le retenait d'enlever une à une les épingles des cheveux de Rose pour les laisser cascader le long de son dos gracile.

— La soirée s'annonce fabuleuse. J'ai hâte d'y être, dit Rose avec un sourire contraint.

C'était faux. Si elle y avait vu une opportunité sur le moment, elle avait depuis réexaminé ses priorités. Son temps avec Zac était compté. Pourquoi le gaspiller en mondanités insignifiantes ? En entrant, elle avait été tentée de lui avouer ses sentiments. Un seul mot, un seul regard de sa part lui en auraient donné le courage. Mais son air distant eut l'effet opposé. Elle se sentait idiote d'avoir failli se ridiculiser.

Dans la salle de réception, les invités bavardaient en sirotant leur champagne devant les portes-fenêtres ouvertes, au son d'un quatuor à cordes. Toutes les têtes se tournèrent vers eux à leur entrée. Rose se figea, paniquée de se retrouver sous le feu des projecteurs. Une pression encourageante de la main de Zac dans son dos l'aida à se relaxer.

Zac regardait fièrement les gens graviter autour de Rose, séduits par son sourire et sa fraîcheur. La jeune femme paraissait avoir surmonté sa nervosité initiale. Elle allait à la rencontre des invités et engageait la conversation comme si elle les connaissait depuis toujours. Lorsque vint le moment de s'asseoir à table, elle semblait parfaitement à l'aise. Mais Zac savait qu'il n'en était rien. Il devinait la tension dans ses épaules. Dans son cou ceint par le collier d'émeraudes qu'il avait immédiatement imaginé sur elle en le remarquant dans une vente aux enchères en ligne.

Rose se réjouissait que la soirée soit un succès. Mais elle

aurait préféré être ailleurs. De préférence seule avec Zac. Elle avait toujours rêvé d'un endroit où elle se sente vraiment chez elle. Aujourd'hui, elle comprenait que ce n'était pas un endroit qu'elle cherchait, mais une personne. En Zac, elle l'avait trouvée. Mais Zac n'était avec elle que pour le sexe. Il tenait le monde entier à distance, y compris sa famille. Elle avait beau se répéter de profiter de l'instant présent, son plaisir était gâché par la pensée du futur qui l'attendait. Un futur sans Zac.

Faire bonne figure devant tous ces gens commençait à lui peser. Enfin, il ne resta plus qu'une personne. L'invité d'honneur lui-même, que Zac offrit de raccompagner à son hélicoptère. Avant de sortir, il glissa à Rose :

— Retrouve-moi dans la bibliothèque pour un dernier verre.

Son intonation l'interpella. Cela ressemblait à un prétexte. Le moment des adieux était-il venu ? La mort dans l'âme, elle gagna la bibliothèque. Elle ferait face avec dignité. Hors de question de fondre en larmes devant lui. Alors qu'elle faisait les cent pas dans la pièce, son coude heurta un vase. Elle le rattrapa à temps, mais dans le mouvement, bouscula un ordinateur en veille qui se ralluma. Une photo apparut sur l'écran, accompagnée d'un court article.

Aujourd'hui, dans l'emblématique cathédrale de Fort-St-Boniface, a été célébré le mariage du prince héritier de Renzoi, en présence de toute la royauté européenne, ainsi que de nombreuses personnalités, parmi lesquelles son grand ami le milliardaire grec Zac Adamos.

Son regard passa de Zac au couple royal. Le choc cloua Rose sur place. Le visage de la nouvelle princesse... C'était le sien ! Elles se ressemblaient comme deux gouttes d'eau ! Une inconnue était sa copie conforme. Et Zac se tenait à ses côtés.

Zac entra dans la bibliothèque. En voyant la photo sur l'écran, il sut qu'il était trop tard. Rose se tourna vers lui, très pâle.

— Qui est-ce ? prononça-t-elle.

— Ta sœur jumelle. Ton père a refusé de la reprendre à la mort de votre mère et elle a été adoptée.

— Ma sœur jumelle ?

— Ta mère voulait vous garder toutes les deux, dit Zac gravement. Elle vous aimait plus que tout.

— Ma mère ne m'a pas abandonnée ? J'ai une famille ? Et tu le savais ?

Le regard de la jeune femme le transperça.

— Je ne comprends pas…

Rose secoua la tête. Si, elle comprenait très bien. Une colère sourde enfla en elle.

Zac ramena ses cheveux en arrière.

— Ce n'est pas ce que tu crois…

— Étais-tu au courant depuis le début ?

Il hocha la tête, confirmant ses pires craintes. Son cœur sombra dans sa poitrine. Elle se sentait tellement trahie !

— Tu savais et tu ne m'as rien dit…

Un horrible soupçon la saisit.

— Je ne suis pas ici par hasard, n'est-ce pas ? Tout était prémédité. Ma sœur est-elle dans le coup, elle aussi ?

L'air manquait à Rose. Elle suffoquait. Jamais elle n'avait été aussi humiliée.

— Non ! Kate n'a rien à voir là-dedans, démentit Zac. Elle te cherchait. Elle ne sait pas que Marco, son mari, t'a retrouvée.

Sa sœur jumelle, dont elle ignorait l'existence, la cherchait ? Rose peinait à assembler les pièces de ce puzzle surréaliste.

— Ce n'est sans doute pas à moi de te le raconter, mais Kate a été adoptée. Elle ignorait qu'elle avait une sœur, jusqu'à ce qu'elle tombe sur cette photo et…

— Que fais-je ici ? l'interrompit-elle. Pourquoi ce Marco n'a-t-il rien dit à ma sœur ?

— Kate était enceinte et vivait une grossesse difficile, expliqua Zac. Marco ne voulait pas la bouleverser davantage après la rencontre avec votre père.

Rose accusa le coup.

— Mon père aussi était au courant ? s'écria-t-elle. Alors tout le monde savait sauf moi ?

Elle fondit sur lui et l'agrippa par les revers de sa veste.

— Une grossesse difficile ? Que veux-tu dire ?

— Un problème de tension artérielle. Mais elle a accouché d'un garçon hier. La mère et le bébé vont bien. Je viens de recevoir le message.

— Oh ! Dieu merci !

Elle fléchit l'espace d'une seconde. Mais sa colère reprit le dessus.

— Et toi, quel est ton rôle dans cette histoire ? Je ne suis pas ici par accident, n'est-ce pas ?

Évidemment. Comment ne s'était-elle doutée de rien ? Cette mission en Grèce ne tenait pas debout. Mais à aucun moment elle n'avait cherché à y regarder de plus près.

— Marco est mon ami. Il m'a demandé... Comprends-le. Il voulait savoir si tu étais fiable ou...

— Ou si je ressemblais à mon père ? Tu essayais de me prendre sur le fait ? Et le sexe ? Ça faisait aussi partie du test ? siffla Rose. Vas-tu rapporter ça à ton ami ? Me noter, peut-être ?

Le visage de Zac se décomposa.

— Toi et moi, ce n'était pas...

— Tais-toi ! hurla-t-elle.

Ses excuses la mettaient hors d'elle. Il l'avait manipulée ! Il lui avait menti alors qu'elle se sentait en sécurité avec lui !

— J'avais enfin confiance en quelqu'un. Toi ! s'exclama-t-elle en pointant un index sur son torse.

Elle se prit la tête entre les mains.

— Comment ai-je pu être aussi stupide ? T... tellement, *tellement* stupide !

— Dis-moi ce que je peux faire, Rose...

Elle recula en le toisant.

— Mets-moi en contact avec ma sœur et prépare un hélicoptère. Je ne passerai pas une nuit de plus ici. Et n'essaie pas de te servir de Declan. Nous savons tous les deux que Camille est parfaitement capable de s'en occuper.

Elle serra les poings.

— Tu m'as fait aimer ce petit garçon, tu sais. Je ne te le pardonnerai jamais. Moi, au moins, je suis capable d'aimer, cracha-t-elle avec mépris. Je ne sais pas quel est ton problème, Zac, et je ne veux pas le savoir. Tu te coupes des gens. Tu t'interdis d'aimer et d'être aimé. Même ta famille, tu la repousses. Un jour, elle en aura assez. Et ce jour-là, tu seras vraiment seul au monde.

Dans un sanglot, elle tourna les talons et s'enfuit, sans voir la main qu'il tendait vers elle, ni la dévastation sur son visage.

Zac était toujours affalé dans son fauteuil lorsqu'il entendit l'hélicoptère décoller. Cinq minutes plus tard, Arthur entrait dans la bibliothèque.

— Rose est partie ?

Zac ne répondit pas.

— Dommage. C'était une fille bien. Vous êtes un idiot, patron.

Zac le fusilla du regard, sans effet sur l'ancien soldat. Il soupira.

— Une de perdue, dix de retrouvées.

— Pas cette fois, je me trompe ?

Non, il ne se trompait pas. Connaître Rose et... oui, l'aimer, avait changé sa vision de la vie. Son passé restait le même, mais il n'était plus la même personne. Sa solitude était son propre choix. Toutes ces années, il aurait pu tourner la page. Croire en lui. S'ouvrir aux autres. Ce soir, il pouvait choisir de reconquérir Rose. Même si elle le rejetait, il aurait au moins essayé. Rose lui avait ouvert les yeux... Et il l'avait laissée partir !

— Tu as raison. Je suis un idiot.

— Faute avouée est à demi pardonnée, patron.

Rose avait passé le vol entier à alterner entre haïr Zac et vouloir faire demi-tour pour le retrouver. Un lien indéfectible les unissait. Plus elle s'éloignait, plus elle sentait un vide grandir en elle. Elle et Zac étaient des âmes sœurs, deux personnes attirées l'une vers l'autre aux dépens de toute logique. Mais elle se trompait en croyant qu'une âme sœur était le partenaire idéal.

Exténuée, le moral à zéro, elle patientait à présent dans un salon du palais royal de Renzoi, beaucoup moins nerveuse qu'elle ne l'avait anticipé. Le pire s'était déjà produit. Qu'avait-elle d'autre à redouter ?

La veille encore, elle ignorait qu'elle avait une sœur. Elle était maintenant sur le point de la rencontrer. Zac avait au moins eu la décence de ne pas chercher à l'en empêcher. Le numéro que lui avait transmis Arthur de sa part n'était pas celui du standard du palais, ni même d'un des subalternes du prince. C'était celui de sa sœur en personne. Rose l'avait composé d'une main tremblante.

— Je suis ta sœur jumelle ! s'était-elle exclamée tout de go, avant d'éclater en sanglots.

Elle aurait compris si sa sœur avait raccroché. Mais elle était restée en ligne jusqu'à ce que Rose se calme. Après avoir écouté son histoire, Kate s'était emportée, aussi furieuse qu'elle, sinon plus.

— Je vais l'étrangler ! Marco me traite comme une petite chose fragile depuis le début de ma grossesse !

Pour Rose, c'était Zac le vrai coupable. Elle avait fui la Grèce à cause de lui, le cœur brisé en mille morceaux. Elle lui avait donné sa confiance et il l'avait trahie. Il ne méritait pas de s'en tirer à si bon compte.

— Zac...

— Zac est son meilleur ami et Marco en a profité. Il vous a mis tous les deux dans une position intenable.

Kate avait minimisé le rôle de Zac. Selon elle, Marco avait exploité la loyauté de son ami. Rose n'avait pas considéré les choses sous cet angle-là.

La porte s'ouvrit et un jeune homme entra. Ses yeux s'écarquillèrent lorsqu'il la vit. Il n'était pas le premier à réagir ainsi depuis son arrivée au palais.

— J'espère que vous avez fait bon voyage, dit-il après s'être présenté. La princesse n'a pas été prévenue de votre arrivée. Elle était avec le bébé. J'ai ordre de vous conduire à elle.

Rose le suivit jusqu'à un salon privé. Elle entra, le cœur battant. À la seconde où ses yeux rencontrèrent ceux de son double, tous ses doutes s'évanouirent. Kate bondit de son fauteuil et elles se tombèrent dans les bras en pleurant.

Après l'émotion des retrouvailles vinrent les confidences autour d'une tasse de thé. Elles avaient tant de choses en commun, et tant de choses à partager désormais !

— Alors notre mère est morte ? Elle ne m'a pas abandonnée ?

— C'est ce que cette ordure t'a raconté ?

Kate serra les dents.

— J'ai eu l'occasion de le rencontrer. Je suis désolée que tu aies grandi avec quelqu'un comme lui. Ma famille adoptive est formidable. J'ai hâte de te la présenter.

— J'ai toujours rêvé d'avoir une famille, dit Rose. Je croyais...

Les larmes lui montèrent aux yeux.

— Je ne reverrai plus jamais Declan.

Encouragée par sa sœur, Rose exprima tout ce qu'elle avait

sur le cœur. Leur échange fut interrompu par l'arrivée d'un très bel homme. C'est à Rose que le prince s'adressa.

— Je vous dois des excuses. Mes intentions étaient les meilleures du monde...

Kate roula des yeux.

— Mais on m'a reproché d'infantiliser certaines femmes adultes parfaitement capables de prendre leurs propres décisions.

Il regarda sa femme, qui paraissait se retenir de sourire.

— Ai-je bien retenu la leçon ?

Kate pinça les lèvres, mais il était clair que sa colère n'était plus que feinte.

— Ne crois pas que je t'aie déjà pardonné.

— Fais-moi signe quand je pourrai arrêter de ramper...

Il changea de sujet devant le froncement de sourcils de sa femme.

— Zac est ici. Il demande à voir Rose. Je lui ai dit que ce n'était pas à moi de décider.

Cette fois, Kate le gratifia d'un sourire approbateur.

— Bravo. Tu apprends vite.

Elle se tourna vers Rose.

— Es-tu d'accord pour le voir ?

Le cœur de Rose cognait à grands coups dans sa poitrine.

— Non. Si ! Peut-être...

La panique menaçait de la submerger. Elle ne savait plus où elle en était. Kate la serra dans ses bras et décida pour elle.

— Dis-lui de venir, Marco.

— Même si je le voulais, je doute de pouvoir l'en empêcher, répondit le prince.

— Rose, je te laisse. Rejoins-moi plus tard. Je te présenterai ton neveu et ta nièce.

Restée seule, Rose arpenta le salon en se tordant les mains. Zac était là... Pour quelle raison ? La porte s'ouvrit et il fut devant elle. Un début de barbe ombrait sa mâchoire. À croire qu'il ne s'était pas rasé depuis qu'elle était partie. Il ne devait pas avoir beaucoup dormi non plus, à en juger par ses cernes et sa mine fatiguée. Cela leur faisait un point commun.

— Merci d'accepter de me voir, commença-t-il.

Rose garda le silence, la gorge trop serrée pour parler.

— Est-ce que je peux... Oh ! et puis zut ! Je me lance.

Il eut un petit rire fataliste avant de poursuivre :

— Tu as dit que je me privais d'aimer et d'être aimé, que je m'isolais... C'est la vérité. Mais sache que je n'ai jamais voulu blesser personne.

La détresse dans ses yeux émut Rose.

— Continue, l'encouragea-t-elle avec douceur.

Il fallait que cela sorte. Tout ce qu'il gardait en lui et qui le rongeait tel un poison.

— Tu sais que Kairos, le premier mari de ma mère, m'a élevé. Il a été formidable avec moi, plus que les gens ne le sauront jamais. Mon père était un dealer et un homme violent, raconta Zac. Quand ma mère, qui n'avait que seize ans à l'époque, a choisi de ne pas se faire avorter, il l'a battue pour qu'elle perde le bébé... moi. Ça n'a pas fonctionné. Il a été envoyé en prison, où un autre détenu l'a poignardé. À l'hôpital, il a réussi à se procurer de la drogue et a fait une overdose. Voilà ce que je suis. Voilà l'enfant que Kairos a recueilli sous son toit. Il paraît même que je ressemble à mon père. Chaque fois que ma mère me regarde, elle voit son agresseur.

Sa voix se brisa. Rose se précipita pour le serrer dans ses bras.

— Ce que ta mère voit, c'est le fils qu'elle aime, affirma-t-elle. Elle et ton beau-père savent très bien que tu n'es pas responsable des actions de ton père. Pas plus que je ne le suis de celles du mien.

Elle chercha son regard.

— À moins que tu ne penses le contraire ?

— Bien sûr que non ! protesta-t-il avec véhémence.

— Alors tu vois.

— C'est différent, persista Zac. Mon père était un homme dangereux, pourri jusqu'à la moelle. Si je faisais du mal à quelqu'un que j'aime...

C'était donc cela, son secret ? Toute sa vie, il avait vécu dans la terreur d'être un monstre ? Le cœur de Rose s'emplit de compassion.

— Ça n'arrivera pas, décréta-t-elle avec conviction. Tu n'es pas un prédateur. Tu es même tout l'inverse. S'il te plaît, ne te ferme pas à l'amour. Je t'aime, Zac, même si ce n'est pas réciproque. Mais je ne parle pas pour moi. Un jour, tu rencontreras quelqu'un et...

— Tu m'aimes ?

Elle baissa les yeux.

— Je pensais que c'était évident. Puisque tu es honnête avec moi, je te dois de l'être aussi. Oui, je suis tombée folle amoureuse de toi...

Elle n'avait pas terminé qu'il capturait son visage entre ses mains et l'embrassait passionnément.

— Je t'aime aussi, Rose. Tu es la lumière de ma vie. Je te promets de ne jamais te faire de mal.

— Je me suis toujours sentie en sécurité avec toi, dit-elle en lui caressant la joue.

— Tu veux des enfants, n'est-ce pas ? Quand je te vois avec Declan... Je n'aurais jamais cru fonder une famille un jour. Mais avec toi...

Rose sourit, heureuse comme elle n'aurait jamais cru possible de l'être.

— Ne crois-tu pas qu'on devrait se marier d'abord ?

Zac affecta le choc. Mais ses yeux noirs pétillaient d'espièglerie.

— Je rêve ou tu viens de me demander en mariage ?

— On dirait bien.

Son visage se fendit d'un grand sourire.

— Dans ce cas, mon amour, la réponse est oui !

Vous avez aimé ce roman ?
Retrouvez en numérique les jumelles de Kim Lawrence :
1. *Un trône pour une innocente*
2. *Tentation en Grèce*

RESTEZ CONNECTÉ AVEC HARLEQUIN

Harlequin vous offre un large choix de littérature sentimentale !

Sélectionnez votre style parmi toutes les idées de lecture proposées !

www.harlequin.fr

L'application Harlequin

- **Découvrez** toutes nos actualités, exclusivités, promotions, parutions à venir...

- **Partagez** vos avis sur vos dernières lectures...

- **Lisez** gratuitement en ligne

- **Retrouvez** vos abonnements, vos romans dédicacés, vos livres et vos ebooks en précommande...

- Des **ebooks gratuits** inclus dans l'application

- **+ de 50 nouveautés tous les mois !**

- Des **petits prix** toute l'année

- Une **facilité de lecture** en un clic hors connexion

- Et plein d'autres avantages...

Téléchargez notre application gratuitement

Télécharger dans l'App Store

DISPONIBLE SUR Google Play

SUIVEZ-NOUS !

facebook.com/HarlequinFrance
twitter.com/harlequinfrance